Bibliografische Information der Deutschen Natio-
nalbibliothek. Die Deutsche Nationalbibliothek
verzeichnet diese Publikation in der Deutschen
Nationalbibliografie; detaillierte bibliografische
Daten sind im Internet über http://dnb.d-nb.de
abrufbar.

Copyright © 2018 Marcel Thebach
Herstellung und Verlag: BoD - Books on Demand,
Norderstedt
Covermotiv: Marcel Thebach
Lektorat: Fenja S. Franz
1. Auflage 2018
ISBN: 978-3-7460-3610-6
www.thebach.de

Marcel Thebach

Postfactum

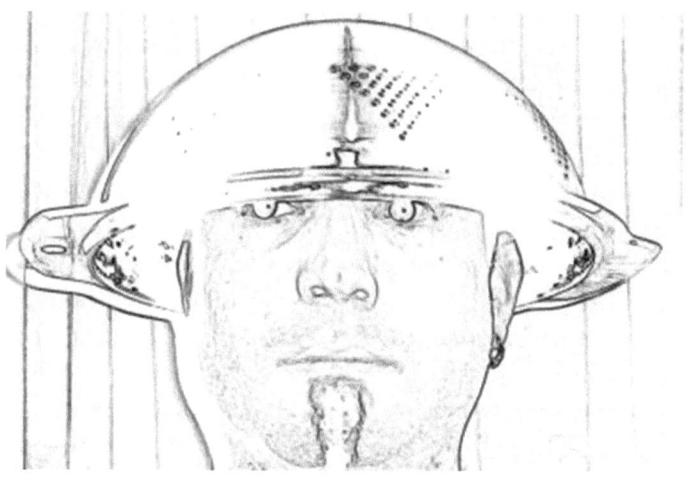

schmutzige Wahrheiten und reine Lügen

Im Jahr 2016 wurde der Begriff »postfaktisch« zum Unwort des Jahres gekürt. Ob diese Behauptung tatsächlich stimmt, hat im postfaktischen Zeitalter keinerlei Bedeutung mehr. Darüber hinaus verändert sich unsere Welt in einem derart rasanten Tempo, dass wir mit unseren Möglichkeiten sie kennenzulernen praktisch immer hinterherhinken. Die Wahrheit von heute ist bereits in dem Moment überholt, da wir glauben sie zu begreifen. Im Dschungel der massenhaft auf uns einprasselnden Falschmeldungen (neudeutsch: Fakenews) können wir uns diejenige als Wahrheit herausfischen, die uns am besten gefällt und uns darauf berufen zu sagen: Das Internet hat es so gesagt. Früher stand es in der Zeitung, kam es aus dem Radio, fand es in der (von mir aus) Tagesschau Erwähnung, was faktisch ist. Die Kanäle waren enger, rarer aber natürlich keinesfalls frei. Die Schlagzeile in der Tageszeitung war Fakt. Während die Boulevardpresse es verstand meist spektakulär in ihren Überschriften für Aufmerksamkeit zu sorgen, übte sich die Presse der eher intellektuellen Fraktion eher gemäßigt. Es mag auch der Schwerpunkt in der Berichterstattung zu einem Ereignis eine unterschiedliche Gewichtung erfahren haben. Im Kern jedoch ging es um eine Begebenheit, die als *faktisch* betrachtet wurde, jedoch streitbar im Miteinander diskutiert werden konnte. Im Mittelpunkt der Diskussionen standen hierbei vornehmlich die eigenen Werte oder die eigene Sicht auf die Dinge. Das Ergebnis war Konstruktivität, geistiger Austausch und eine Gesellschaft, die sich im Miteinander formt. Ja, im heutigen postfaktischen Zeitalter darf ich romantisch in die Vergangenheit zurückblicken, sie idealisieren ohne hierfür Belege und Beweise anzuführen. Quellenangaben sind da nur Ballast. Allein meine Erinnerung an die Vergangenheit reicht aus, um sie in einem altmodischen Medium wie diesem Buche zur Wahrheit zu deklarieren. *Früher* war alles besser! Ob das wirklich so war, das ist unerheblich.

Im vergangenen Jahr (hier wieder 2016) wurde Adolf Hitlers Schundschmöker »Mein Kampf« in einer kritischen Neuauflage auf den Markt gebracht. Ein seinerzeit schon *postfaktisches Werk* benötigte also eine *kritisch kommentierte* Fassung, um in einer Gesellschaft, die gemeinhin überfordert ist jegliche Informationsflut zu verarbeiten, veröffentlicht werden zu können. Schlechter hätte man den Zeitpunkt gar nicht wählen können, was 85.000 verkaufte Exemplare der kritischen Fassung in einem Jahr belegen und Adolf Hitler posthum zum Bestsellerautor machen. Man verzeihe mir die ironische Bemerkung davon auszugehen, dass der größte Teil der Käufer ohnehin nur interessiert an den kritischen Fußnoten war. Und als Mensch, der ich neige zu sein, möchte ich eine Frage in den Raum werfen: Wer profitiert eigentlich vom Erlös der Buchverkäufe dieses wertlosen Papierbündels? – Und siehe da: Tatsächlich findet sich ein *kleiner* weltweit tätiger Onlineversand, der zukünftig wohl auch eine einzige Kiwi innerhalb von zwei Stunden an seinen Käufer per Drohne senden will, der bereit ist, den Erlös einem gemeinnützigen und wohltätigen Zweck zu spenden, während die Mitarbeiter des selbigen Unternehmens für die Einhaltung des Mindestlohns kämpfen müssen und unter widrigsten Bedingungen ihrer Arbeit nachgehen. Ich möchte es lapidar formulieren: Hier wird aus *Scheiße* Geld gemacht, um dieses dann *werbewirksam* zu spenden, mit dem Ziel den eigenen Profit anzukurbeln, um seine eigenen Mitarbeiter unter unzumutbaren Bedingungen noch härter arbeiten zu lassen. *Postfaktisch* ist meine hier aufgestellte These absolut korrekt. Ich muss sie nicht beweisen. Kritisch darauf angesprochen könnte ich später sogar behaupten sie nie aufgestellt zu haben. Wer diese Zeilen hier schreibt, das weiß sowieso keiner so genau. Und einen Namen auf das Deckblatt dieses Buches zu schreiben, das kann bekanntlich jeder. Kleiner Wortwitz: Dieses Buch kommt direkt aus der Lügenpresse!

Zum derzeitigen Zeitpunkt gehe ich davon aus, dass es mir eine gewisse Freude bereiten wird dieses Buch zu schreiben. Es ist endlich soweit. Meine Thesen und meine kleinen Weisheiten über das Leben (das Leben, wie ich es kennenlernen durfte) kann ich nun ungefiltert, unreflektiert und unter dem Deckmantel der Wahrheit fromm und frei in die Welt posaunen. Nun befinde aber auch ich mich allmählich in einem Alter, in dem es mir gar nicht mehr so wichtig erscheint, meine Meinung als Maß der Dinge zu präsentieren. Ich genieße es oftmals sogar als *Spinner* bezeichnet zu werden. An dieser Stelle kommt es zu einem kleinen Dilemma. Kommunikation besteht im Idealfall aus einem Sender und einem Empfänger, die im gegenseitigen Informationsaustausch ihre Rolle wechseln. Sie jedoch halten gerade ein Buch in der Hand und befinden sich in der permanenten Opferrolle des Empfängers. Als wirklich leidenschaftlicher Benutzer der sogenannten sozialen Netzwerke vermisse ich bereits an dieser Stelle Ihre Kommentare und gelegentlichen *Likes* zwischen meinen Zeilen. Für ein *postfaktisches* Machwerk wie dieses ist das eigentlich ein Unding. Wenn Sie sich ein paar Zeilen zurückerinnern und an meine Anlehnung an das Pamphlet »Mein Kampf« denken, können Sie sich sicherlich vorstellen, dass dieser Textteil – als Bestandteil eines Beitrags in einem sozialen Netzwerk- bereits einen *Shitstorm* zur Folge gehabt haben könnte. Nun müssen Sie die Füße stillhalten und dieses Buch zu Ende lesen, ohne Ihren Zeigefinger gegen mich zu erheben. Um diese Situation zu entschärfen und auch mir etwas mehr Ruhe beim Schreiben dieser kleinen Lektüre zu gewährleisten, möchte ich Ihnen noch ein paar kleine nützliche Tipps zum Umgang mit der Literatur in Ihren Händen mit auf den Weg geben:

1) Nutzen Sie die Chance, sich wieder ein klein wenig auf die analoge Welt und die entschleunigende Wirkung eines Buches mit monologer Kommunikation einzulassen.

2) Gehen Sie immer davon aus, dass ich ein Pazifist mit Neigung zum Philantrophen bin, der wirklich mit großem Eifer gegen sein Tourette-Syndrom ankämpft.

3) Erkennen Sie sich in diesem Buch, in der einen oder anderen Situation, wieder, vermuten Sie wahrscheinlich, mein Chef zu sein. In diesen Situationen halten Sie sich bitte stets vor Augen: Kein Mensch hat die Kraft dazu, mein Chef zu sein. Diejenigen, die es versucht

haben sind durch sehr ominöse Fälle spontaner Selbstentzündung ums Leben gekommen.

4) Wenn Sie so richtig verzweifeln und mir dieses Buch zum Fraße am liebsten quer durchs Fressbrett ziehen wollen; klappen Sie es zu, atmen zwei- bis dreimal langsam und tief in den Bauch ein und aus, und nehmen dann wieder den Titel dieses Buches bewusst wahr. Er lautet: *Postfactum*. Alles muss; nichts kann.

Dieses *Entree* kann nur eine Idee dessen liefern, was ich mit meinem kleinen *postfaktischen* Kleinod zum Ausdruck bringen möchte. In erster Linie möchte ich Sie darauf vorbereitet haben, was Sie in etwa auf den folgenden Seiten erwartet.

Wollen Sie einen kompletten und totalen Einblick in unsere verlogene Welt genießen, so gehen Sie vor die Tür, steigen Sie in einen Bus, beobachten Sie Menschen beim Einkaufen, achten Sie auf den Flurfunk bei Ihrem Arbeitgeber, studieren Sie die Gesichter Ihrer Mitmenschen, schauen Sie fern, nutzen Sie soziale Netzwerke und vergessen Sie dabei eines bitte niemals: »McDonalds ist einfach gut!«

Bonn im Januar 2017, Marcel Thebach

Als kleiner Junge, was rede ich da - als heranwachsender Jüngling- entschied ich mich irgendwann dazu, am Gymnasium ein für mich bis dato völlig neues Gebiet zu betreten. Meine Stärken lagen eher im sprachlichen, gesellschaftlich-sozialen und philosophischen Bereich. Das überrascht jetzt sicherlich. Jedoch war es mir nicht möglich über allein diese Interessen ein Paket zu schnüren auf dessen Basis ich mein Abitur hätte absolvieren können. Also krempelte ich die Arme hoch, schlug kräftig mit der Faust auf den Tisch und brüllte hinaus: »Jetzt wird Informatik gewählt!« Wenn sich Menschen meines Jahrgangs an die Zeit um 1990 erinnern, werden sie wissen, dass es seinerzeit eher eine Seltenheit war, in konventionellen Haushalten einen Heimcomputer vorzufinden. Zu diesem Zeitpunkt stand ich mit der Mathematik auf Kriegsfuß. Uneinholbar hatte ich den Anschluss verpasst und konnte mich in diesem Fach auf Biegen und Brechen mit einem »ausreichend« durchboxen, wenn ich mein Verhandlungsgeschick mit dem Lehrkörper entsprechend einsetzte. Im Grunde genommen wartete ich nur noch auf den Augenblick, an dem es möglich war, Mathematik abzuwählen. In der Summe (!) sind das nicht die besten Voraussetzungen, sich auf die Informatik einzulassen. So motivierte ich mich selbst mit supervisionären Gedanken wie »nutze diese Chance«, »du weißt doch, dass du alles kannst, wenn du willst« etc. Der Informatikraum im ersten Obergeschoß war zeitgemäß ausgestattet. Zwölf Arbeitsstationen mit *zweisechsundachtziger* Prozessor und Schwarzgrün-Monitor standen zur Verfügung und schwängerten die Luft mit der Atmosphäre eines brodelnden Ballsaales der Bits und Bytes. Wer sich in diesem Raum aufhielt, der war einerseits wichtig, andrerseits haftete ihm jedoch auch der Ruf des Sonderlings an. So ein Typ, der vor so einer komischen Kiste sitzt und da Hieroglyphen hineintackert, vor dem Hintergrund, dass dies alles völlig logisch wäre, war nicht zwangsläufig von diesem Planeten. Insgesamt ein Image, das mir gefiel und welches ich mir auch aneignen wollte.

Es war »Niki, der Roboter«, der mich in die Geheimnisse der Programmiersprache Pascal begleiten sollte. Mit Niki wurde eine Umgebung zur Verfügung gestellt, innerhalb derer es möglich war Felder zu initiieren und diese mit »Gegenständen« zu versehen, mit denen der Roboter »Aufgaben« erledigen konnte. Niki (der Roboter) wurde als kleiner v-förmiger Pfeil dargestellt, ähnlich eines heutigen Mauszeigers ohne Endstück. Mir schienen die Möglichkeiten nahezu unbegrenzt und ich entwickelte eine phantasievolle Kreativität in der Gestaltung meiner Projekte. So entwickelte ich auch einen »Getränkemarkt«, der randvoll gefüllt mit Bierkisten (symbolisch dargestellt durch zwanzig rechteckig angeordnete Nullen im Format 4x5, da dies der Anzahl an Flaschen entspricht) daherkommt. Nikis Aufgabe war es nun, alle Bierkisten ausfindig zu machen, dabei eine Flasche nach der anderen zu öffnen und diese leerzutrinken. Niki war von mir mit einer Promille-Variablen versehen worden, deren Wert mit jeder geleerten Flasche stieg. Ab einem bestimmten Promillewert war es Nikis Aufgabe, den Getränkemarkt zu verlassen, um sich draußen zu übergeben (hierdurch sank der Wert der Promille-Variable), um anschließend wieder in alter Frische in den Getränkemarkt zurückzukehren und seine Arbeit fort zu setzen bis schließlich der gesamte Bestand aufgebraucht war. Auf solche Ideen kommt man aber auch nur, wenn man an einem Arbeitsgerät sitzt, welches über keinen Internetzugang verfügt. Das Internet gab es zu diesem Zeitpunkt schlichtweg nicht (was auch nicht ganz richtig ist, aber als postfaktische Wahrheit hier ausnahmsweise einmal so stehen bleiben darf) und an dieser Stelle bin ich auch schon an dem wichtigsten Punkt für meine Ausgangslage: Das nicht-Vorhandensein des Internets. Man möge mir verzeihen, dass ich zuvor die Situation missbraucht habe, eine kleine Anekdote aus der Schulzeit zu erzählen. Mir war mir einfach danach. Jetzt noch einmal, es mutet heutzutage schon fast grotesk an. Es gab kein Internet. Wie funktionierte da unser Alltag? Wie war es überhaupt möglich ein Leben zu führen ohne permanent mit der Urquelle unnützen Wissens vernetzt zu sein? Haben Sie schon einmal Ihre innere Panik reflektiert, wenn Ihr Router gerade nicht mitspielt? Kennen Sie vielleicht dieses Gefühl der Hoffnungslosigkeit, wenn Sie gerade einmal ein paar Minuten nicht online sind und sich die Frage stellen »Verflixt, was machen wir denn jetzt?« Möglicherweise handhaben Sie das ja so wie ich und haben irgendwo in Ihrem Wohnbereich versteckt einen Notizzettel angebracht auf dem Sie eine Hotline-Nummer und (ganz wichtig) die Kundennummer des Providers notiert haben. Freuen Sie sich dann auch bereits auf Ihren Feierabend, weil Sie wissen, dass Sie nun gute fünfundvierzig Minuten in der Warteschlange festhängen? Haben Sie jemals darüber nachgedacht, ob es nicht sinnvoll wäre, heute Abend lieber das Schachbrett aufzubauen, um vielleicht eine gute Partie zu spielen, während Sie den lieben Gott einen guten Mann sein lassen und sich der Hoffnung ergeben, dass diese Großstörung im Netz, weil einmal wieder ein zentraler Knotenpunkt ausgefallen ist, irgendwann von ganz alleine regelt? Nein? Dann geht es Ihnen so wie mir. Ich kann nicht mehr *einfach so* Schach spielen, wenn gerade kein Internet da ist. Das macht mich wahnsinnig und bereits nach drei bis vier Spielzügen wäre meine Dame weg. Abwarten und Tee trinken? Unmöglich. Vielleicht einfach nur *körperliche Lustentladung* bis wieder Netz da ist? Nein, das geht auch nicht, denn diese Option haben wir uns für den atomaren Erstschlag aufbewahrt und es ist jetzt wirklich nicht an der Zeit, die Notfallkonzepte, die für den bevorstehenden Untergang (an dieser Stelle postfaktischer Zusammenhang!) inflationär auszuüben. Wir machen uns ja unglaubwürdig, zuletzt sogar vor uns selbst.

Es fällt mir etwas schwer, nach dieser doch recht subjektiven und emotionalen Entgleisung wieder den Anschluss an dieses Kapitel zu finden. Ich schreib sonst nicht viel. Ich rede auch recht wenig. Dazu später mehr. Vielleicht. Ich glaube ich war zuvor an der Stelle hängen geblieben als ich bemerkte, dass unsere Rechner von »damals« unvernetzt waren und wir kein Internet hatten. Da fällt mir siedend heiß ein: Wir hatten ja auch gar keine Handys. Von Smartphones soll erst gar nicht die Rede sein. Und wenn ich zurückblicke, dann ist mir aus heutiger Sicht völlig unerklärlich, wie wir eine so geile Zeit verbringen konnten. Wie haben wir eigentlich zusammengefunden? Wie haben wir uns verabredet? – Es gibt hierfür eine ganz einfache Erklärung: Wir haben uns von einem beflügelnden und fruchtbringenden Miteinander leiten lassen. Wir kannten *energetische* Punkte (pauschales Beispiel: Marktplatz am Brunnen), zu denen es uns ohnehin gezogen hat. Insofern hatten wir auch ohne Internet ein funktionierendes neuralgisches Netz, welches uns zusammengebracht hat. Irgendwer brachte an diesen Ort immer eine Palette Hansa-Pils mit. Irgendwer hatte immer einen funktionierenden Ghettoblaster und Kassetten hatten wir alle dabei. Es gab einen fixen Termin: Ab fünfzehn Uhr brennt der Brunnen. Bist Du einen Tag nicht da, dann ist das okay, weil Du ja auch mal für Dich sein darfst. Bist Du zwei Tage nicht da, fragt man sich allmählich, wo Du bist. Bist Du den dritten Tag nicht da, dann wird etwas unternommen und nachgefragt und geforscht, weil man sich Sorgen macht. Heute jedoch verrecken Obdachlose auf offener Straße; sie erfrieren oder erleiden einen Schlaganfall, während unzählige Passanten an ihnen vorbeigehen, ohne von der Not des nächsten überhaupt Notiz zu nehmen. Es könnte ja sein, dass es Zeit kostet, den Notarzt anzurufen und da zu bleiben, bis er eintrifft. Aber vielmehr kommt etwas Anderes zum Tragen: Die Verwöhntheit. »Baby, mein Leben ist gerade so schön und ich habe echt fünf geile Tinder-Kontakte am Start, die noch auf Antwort von mir warten, Junge, Du verreckst hier zeitlich echt ganz ungelegen.« Niki, der Roboter hat einen strengen Auftrag. Er arbeitet seine Prozeduren ab. Auf Zwischenfälle ist er nicht programmiert. Je mehr wir uns auf Algorithmen verlassen, desto mehr formen wir unsere Verhaltensmuster nach ihnen. Ich greife aber vor in meiner Argumentation. Denn eigentlich fing alles so schön an: Im Jahr 1996 kaufte ich mir meinen ersten Personalcomputer mit einem 56k-Modem, um auf das Internet zugreifen zu können. Zu dieser Zeit war der Großteil der angebotenen Webseiten hauptsächlich darstellender Natur. Komplexe Interaktionen, wie sie erst das sogenannte *Web2.0* ermöglichte, gab es schlichtweg nicht, wenn man einmal von den seinerzeit beliebten Gästebüchern oder den vergleichsweise primitiven Foren absieht. Hochmodern auch die Internetseiten, welche übersät waren von bunten animierten *GIFs*. Bevor man das Internet nutzen konnte, musste man sich einwählen. Besaß man einen analogen Telefonanschluss, so war vom Augenblick der Einwahl die eigene Leitung besetzt. Das erforderte Absprachen in einem Mehrpersonenhaushalt. Oftmals, wenn ich mich aus reiner Neugier mit dem Netz verbunden hatte, stellte ich mir in der Folge die Frage »Und nun?« Im Großen und Ganzen war es einfach *nett*, die Gewissheit zu haben, dass man über das Internet verfügt, sollte es denn einmal erforderlich sein. Zwanzig Jahre später hat sich die Situation drastisch verändert. Der größte Teil unserer Gesellschaft ist mittlerweile dauerhaft mit dem Internet verbunden. Was zunächst ausschließlich auf Kommunikationsmedien wie dem Computer oder dem Smartphone beschränkt war, erhält mit dem *Internet der Dinge* nun schleichend Einzug in all unsere Gebrauchsgegenstände des Alltags. Formvollendung findet diese Entwicklung im Modell des *Smarthomes*. Heizung, Kühlschrank, Jalousien, Schließanlagen, Waschmaschine, Kaffeemaschine, elektrische Zahnbürste: kaum ein Gegenstand bleibt übrig, der zukünftig nicht nach einer Internetverbindung schreit. Für mich ist das eine grauenvolle Vorstellung. Uns spinne ich diese Vorstellung der Entwicklung für mich weiter, so entdecke ich mich oft dabei glücklich darüber zu sein, nicht ewig leben zu müssen. Meine Essgewohnheiten werden über meinen *intelligenten* Kühlschrank protokolliert und mit der drohenden Gefahr übermorgen keine Gewürzgurken mehr zu haben, brauche ich mich nicht mehr auseinanderzusetzen. Diese Gefahr existiert schlichtweg nicht mehr. Hatten wir noch zuvor die Möglichkeit gehabt selbst zu entscheiden, wann wir das Internet besuchen, wird uns diese Entscheidung nun abgenommen, denn das Internet kommt zu uns wann immer es will. Und es will immer. Verkauft wird uns dieses Prinzip als eine revolutionäre Erweiterung der *Freiheit*. Die

Sprösslinge nachfolgender Generationen werden in einem System aufwachsen, welches ihnen nicht mehr ermöglicht, elementare Fähigkeiten der Orientierung und des Handelns zu erlernen und so wird man sich an Erklärungen wie » Ich kann mir nicht die Zähne putzen, wir haben gerade kein Netz« gewöhnen müssen. Natürlich, das ist nicht dramatisch, denn Zahnersatz kommt dann folglich aus dem 3D-Drucker.

So richtig spannend und aus meiner Sicht schon wieder amüsant kann es werden, seit wir begonnen haben mit unseren Gebrauchsgegenständen zu sprechen und uns permanent mit Abhöranlagen umgeben. Neben Siri, und Cortana hat derweil eine weitere Mitbewohnerin namens Alexa Einzug in unser Wohnzimmer gefunden. Beruflich ist Alexa in der Bestellannahme eines globalen Internetversandhauses tätig, welches bereits an anderer Stelle (Stichwort *Kiwi*) Erwähnung fand. Ein Nachrichtensprecher in den USA fand in seiner Berichterstattung im TV in einem völlig anderen Kontext genau die Schlüsselworte, die Alexa als eine Bestellung für ein Puppenhaus und kiloweise Kekse interpretierte. Hiernach gingen mehrere tausend Beschwerden der Zuschauer ein, die nun mit Stornierungen ihrer unerwünschten Bestellungen zu kämpfen hatten. Es ist von nicht zu unterschätzender Gefahr bei eingeschalteten Empfangsgeräten, die Kommunikation unserer Alltagsgegenstände mit sich selbst zu überlassen. Vielleicht eignen sich zur Eindämmung zukünftig Hausroboter, die sich als Moderator einschalten, um regulierend einzuwirken, während sie die verrichtete Notdurft unseres

Hundes gleichmäßig im Haus verteilen und dabei der Meinung sind, gerade den Boden zu wischen. Möchte man sich gänzlich gegen eine aus den Fugen zu geraten drohende Kommunikation unserer Gegenstände absichern, ohne dabei komplett auf Komfort zu verzichten, könnte es alternativ ratsam sein auf sogenannte produktbezogene *Dashbuttons*, wie sie bereits angeboten werden, zurückzugreifen. Hierbei handelt es sich um klingelknopfähnliche Drucktaster, die an sinnvoller Stelle im Haus angebracht werden (für Waschmittel an der Waschmaschine, für Toilettenpapier über dem Wandhalter etc.) und auf Betätigung über das W-LAN ihre Produktbestellung an das Versandhaus übermitteln. Nach der nächsten Hausparty bleibt es jedoch auch hierbei sinnvoll seine Bestellungen zu überprüfen, nachdem die spaßhungrigen Gäste das Haus wieder verlassen haben.

Während das Internet der Dinge derzeit noch in den Kinderschuhen steckt, seine Möglichkeiten nicht vollständig ausgereift sind und auch noch keine flächendeckende Verbreitung gewährleistet ist, gehen einige Menschen jedoch bereits einen Schritt weiter. Sie lassen sich die *Dinge des Internets* in den eigenen Körper implantieren. Glaubt man den Prognosen, so steht der digitalen Währung *Bitcoin* eine »blühende« Zukunft bevor. Somit ist es völlig selbsterklärend, dass der Mensch das Bedürfnis verspürt, sich ein ebenso digitales *Portemonnaie* unter die Haut verpflanzen zu lassen. Hiermit steht dem modernen Anwender beim Verlassen des Smarthomes jederzeit ein flexibles Zahlungsmedium zu

Verfügung, welches sich bequem jederzeit mit ausreichend Bitcoins aufladen lässt. Beim Bezahlvorgang reicht es nun völlig aus, den implantierten Chip an den Sensor zu halten, um die Transaktion durchzuführen und abzuschließen. An dieser Stelle wird es sogar für *Cyber-Kriminelle* wieder attraktiv, den digitalen Arbeitsplatz zu verlassen und mit durchweg analogen Werkzeugen wie KO-Tropfen und Skalpell vor die Türe zu gehen. Man kann mir durchaus unterstellen, hier den Teufel an die Wand zu malen und ein Bild zu zeichnen, welches als übertrieben gewertet werden kann. Jedoch hat auch oftmals nur die explizite Übertreibung eine Signalwirkung mit der man Aufmerksamkeit erreicht. Retten werde ich sicherlich rein gar nichts. Ich möchte jedoch die völlig kritiklose und unreflektierte Verwendung jeglichen neuen Schnickschnacks deutlich in Frage stellen. Noch Ende der achtziger Jahre hagelte es harsche Kritik und eine massive Gegenbewegung zu einer bevorstehenden »Volkszählung«. Heutzutage tragen wir alle völlig selbstverständlich unsere *digitalen Volkszähler* in Form von Smartphones und Co. Jederzeit mit uns herum. Beim Fall der Grenze zwischen Ost und West sorgten die entdeckten Abhörzentralen des DDR-Regimes für einen massiven Wirbel. Mit Siri, Alexa und all unseren weiteren zukünftigen digitalen Freunden holen wir uns diese Möglichkeiten freiwillig ins Haus. Dessen muss man sich schlichtweg einmal einen kurzen Augenblick Bewusst werden. Und ist es nicht einfach traurig zu wissen, dass sich unsere *Geräte* bereits mehr miteinander unterhalten, als wir *uns* miteinander? Vielleicht bleibt mir in dem Augenblick da mir die ganze Angelegenheit zu viel wird ein schlichter Trost, einen Blick durch die rosarote *Virtual-Reality-Datenbrille* zu werfen und die Welt um mich herum für einen Moment zu vergessen. »Niki, der Roboter« mag zwar in vielen Bereichen nutzlos gewesen sein, aber er konnte meinen Geist bemühen und mich lernen lassen. In vielerlei Hinsicht ist mir das wesentlich sympathischer als zu verblöden, während meine elektronischen Gerätschaften um mich herum alles über mich studieren.

Über die Diplomatie

Bevor ich mit den Schreibarbeiten zu *diesem* Kapitel begann, hielt ich es für angebracht, eine Stunde zuvor eine kleine ärztlich verordnete Pille gegen Panikattacken einzunehmen. Wenn mir die Leser meiner vorangegangenen Werke eines immer im positiven Sinne anrechneten, dann war es meine Offenheit und Ehrlichkeit im Schreiben, wenngleich es natürlich oftmals Differenzen zum Inhalt gab. Sowohl an der Offenheit, wie auch an der Streitbarkeit meiner Texte, wird sich auch in dieser Niederschrift nichts ändern. Wohlwissend, dass mich das im Folgenden abgehandelte Thema in Angstzustände versetzen könnte, halte ich meine Entscheidung, mich in einen gewissen Zustand der *Tranquilität* zu versetzen für sehr vernünftig. Ein bisschen Losgelöstheit von der Angst, ein wenig Distanziertheit vom Wahnsinn, der mich – und uns alle umgibt- wird meinem Wortfluss in keiner Weise schaden. In seinen *gesammelten Werken (Band 1)*, beschrieb seinerzeit auch Thomas Mann, wie er sich zu Beginn seines Schreibens in aller Seelenruhe eine Zigarette dreht und sich daran erfreut zuzusehen, wie die Tabakkrümel auf sein zu beschreibendes Blatt fallen. Mit Blick auf eines der kommenden Kapitel in diesem Buche, sei bereits jetzt angemerkt, dass man dies heutzutage auch nicht mehr so unverblümt schreiben dürfte, ohne sich eines darauffolgenden *Shitstorms* gewiss zu sein. Aber an dieser Stelle darf ich mich auch einmal ganz beruhigt fragen, was er mich denn kümmerte, dieser *Shitstorm*.

Mit diesen einleitenden Worten befinde ich mich aber im Grunde genommen schon auf einem recht guten Wege zur eigentlichen Thematik, die ich mir für diesen Aufsatz reserviert habe. Ich bin mir ziemlich sicher, dass ich an anderer Stelle den Begriff des *Shitstorms* noch einmal in anderem Kontext verwenden muss. So möchte ich mit einem Sprichwort einleiten, welches ich als Kind zuhauf zu Ohren bekommen habe:

» Messer, Gabel, Schere, Licht, sind für kleine Kinder nicht!«

Messer, Gabel und Schere konnte ich als kleiner Junge sehr wohl den Gefahrenquellen zuordnen, da dies spitze und scharfe Gegenstände waren, von denen durchaus ein gewisses Gefahrenpotenzial ausgehen konnte. So klug war auch ich. Welche Gefahr hingegen vom Lichte ausging, dies entzog sich meiner Kenntnis. War es nicht so, dass mit dem Lichte der Tag begann? War es nicht so, dass man es als Kind als sehr beruhigend empfand, wenn im Flur das Licht eingeschaltet blieb, um so gegen die *Schlafmonster* gefeit zu sein, die mit Sicherheit unter dem Bett schlummerten und nur darauf warteten, ihre klebrigen Tentakel gegen mich zu recken, sobald ich auch nur im Ansatz in die Welt meiner (möglicherweise bösen) Träume floh? Mit dem Licht verband ich etwas Gutes. Warum sollte es nicht etwas für mich sein?

Die Antwort hierauf gab mir mein damaliges *Kindermädchen*, der ich mich anvertraute und der eine Begabung innewohnte, mir meine Fragen zur Zufriedenheit zu beantworten. Die einzige Frage, mit der ich sie jemals überforderte war» Frau Theissen, was ist ein Pariser?« Ich erinnere mich – wir waren beim gemeinsamen Abendessen – dass sie mit vollem Munde aufhörte zu kauen und glaubte, dass es an der Zeit für mich war, zu Bett zu gehen. Meine an sie gerichtete Frage schlug seinerzeit derartige Wellen, dass zwei Tage später meine Mutter mich zur Brust nahm und behauptete:» Solche Fragen darfst Du ihr aber nicht stellen!« Fortan sah ich mich mit der Situation konfrontiert, selbst entscheiden zu müssen, was den bitte *solche Fragen* sind.

(Später kamen auch noch *solche Sachen* hinzu, die ich nicht tun dürfte, was die Gesamtsituation für mich nicht ernsthaft vereinfachte) Aber Frau Theissen erklärte mir, dass es sich beim *Licht* in besagtem Spruch im übertragenen Sinne um *Feuer* handelte. Dies wiederum leuchtete mir ein, wenngleich Streichhölzer – so sie denn unbeobachtet herumlagen- auf mich eine magische Faszination ausübten. Sie waren nicht sicher vor mir und meinen geplanten Schandtaten. Aber wenn ich mit ihnen experimentierte – dies bedeutete zumeist von einer vollen Schachtel alle Zündköpfe abzubrechen, sie in ein gesondertes Gefäß zu legen, den Abrieb einer Wunderkerze hinzuzufügen und das Ganze auf sichere Distanz zur Zündung zu bringen, um zu schauen, was dann passiert und mich von dem entstandenen Lichtblitz beflügeln zu lassen, in der Gewissheit, mit Licht gespielt zu haben, was ja nun gar nichts für mich war. Messer, Gabeln und Scheren hingegen waren langweilig. Und so entschloss ich mich bereits in jungen Jahren dazu, möglichst schnell erwachsen zu werden, um mit dem Licht einen Pakt zu schließen. Mit dem Licht war ich imstande, mein *Magnum Opus* des Lebens zu schaffen.

Heute, nach nahezu fünfundvierzig Lenzen hat sich seine Anziehungskraft relativiert und dient mir lediglich zum Entfachen der Glut einer selbstgedrehten Zigarette, dem Anzünden einer Kerze und in seltenen Fällen der Initialzündung für den Grill oder eines gepflegten Osterfeuers. Ich habe Verantwortung im Umgang mit dem Licht übernommen. Seine Faszination auf mich, hat sich auf einen romantischen oder auch nützlichen Anwendungsbereich reduziert. » Es werde Licht «, lautet es in einem weit verbreiteten Buch. Um hier den angekündigten Begriff der *Diplomatie* für diesen Artikel so allmählich ins Spiel zu bringen, müsste die konsequente Antwort hierauf lauten » Der letzte macht das Licht aus « Gehen wir *In Medias Res.*

Das Licht ist heißer geworden, unberechenbarer, tödlicher und widernatürlich. Einst als Quelle und unabdingbare Bedingung für die Existenz von Leben, verfügt die Menschheit mittlerweile über *Lichtquellen*, die alles Leben auszurotten imstande sind. *Souveräne* Staaten, mit ihren Präsidenten und Sprechern verweisen nur allzu gern in diplomatisch verschlüsselter Wortwahl darauf, dass man schließlich im Besitz von Atomwaffen wäre und neigen mit Stolz und breiten Schultern dazu, in einer ebenso verschlüsselten und phrasenhaften Art um den *heißen Brei* herumzureden. Ich möchte es in einer knappen Aussage zusammenfassen: Was sich heutzutage als souverän bezeichnet, führt sich auf, wie ein kleines Kind, dem der Schnuller weggenommen wurde. Seinen Gipfel findet dieser Irrsinn in Staaten, die sich geradezu dadurch zu profilieren versuchen, welche atomare Macht sie doch seien, oder zukünftig sein könnten. Als wäre es ein Indiz für besondere Klugheit und Gewieftheit, zur Schau zu stellen, über welches Potenzial todbringender und vernichtender

Waffen man verfüge. Wenn sich zwei Menschen begegnen und sich begrüßen, dann geben sie sich die Hand. Symbolisch gesehen, bringt diese Geste zum Ausdruck »siehe her, ich bin unbewaffnet«. In welcher Weise diese Begrüßungsformel Entwertung findet, sieht man daran, wenn in der Berichterstattung der Medien gezeigt wird, wie zwei Staatsmänner oder Staatsfrauen bei einem Aufeinandertreffen sich die Hände reichen. Welch' inszeniertes Theater, das im Grunde nur *Valium fürs Volk* bereitstellt. Hartz-4 TV auf Privatsendern erscheint dagegen nahezu ehrlich, wenn man außer Betracht lässt, dass auch dieses nur dem Zwecke dient, uns von kritischen Gedanken abzulenken und eine heile Welt vorzuspielen, in denen die Probleme, die uns nicht betreffen, von laienhaften Schauspielern aus einer für uns unnahbaren Distanz dargeboten werden und sich in Trivialität kaum unterbieten lassen.

Wer sich schon einmal ein Arbeitszeugnis von seinem Arbeitgeber ausstellen lassen hat, fühlte sich oftmals süßlich gebauchpinselt, wenn er darin die diplomatische Formulierung vorgefunden hat, dass man zur Verbesserung des Betriebsklimas maßgeblich beigetragen habe. Übersetzt bedeutet dies nichts Andres, als dass man sich auf keiner Betriebsfeier der Gelegenheit hat berauben lassen, sich maßlos zu besaufen. Es ist schlichtweg diplomatisch verklausuliert. Dem unreflektierten Empfänger dieses Zeugnisses mag diese vermeintlich positive Eigenschaft, die ihm attestiert wurde als Schmeichelei vorkommen. Der mögliche zukünftige Arbeitgeber erkennt hierin jedoch sofort, dass ein Alkoholiker sich bei ihm bewirbt. So funktioniert die Diplomatie. Die

Diplomatie ist eine hinterfotzige und arglistige Disziplin, die dem Schwächeren suggeriert ein Held zu sein und dabei dem höherrangigen Erwartungshalter aufzeigt, mit welch minderwertiger Kreatur er es hier zu tun hat.

Wie oft wurde im vergangenen Jahrzehnt öffentlich wirksam von Vertretern der im Folgenden genannten Souveräne kategorisch manifestiert, dass zum Beispiel zwischen den USA und Deutschland ein freundschaftliches Verhältnis bestünde? *Valium fürs Volk!* Alles ist gut. Wir wiegen uns in Sicherheit. Wir haben einen starken Freund an unserer Seite. In welcher Art und Weise derartige Thesen den Begriff der *Freundschaft* diskreditieren und entwerten, wird oft erst dann deutlich, wenn ans Tageslicht gerät, dass der eine Freund des anderen Freundes Handy permanent ausspioniert hat. Freundschaft blüht durch gegenseitiges Vertrauen. Freundschaft entsteht durch eine geistige Verbundenheit, in der keiner dem anderen nachstellt.

Stellen Sie sich einmal vor, ein guter Freund von Ihnen würde sie bitten, weil er sich vielleicht gerade in eine Trennungssituation befindet und eine neue Wohnung sucht und sie über einen leerstehenden Kellerraum verfügen, kurz ein Teil seines Mobiliars bei ihnen einzulagern, weil er bis zur endgültigen Wohnungsfindung vorrübergehend in einer Wohngemeinschaft oder einem möblierten Appartement unterkommt, jedoch aus seinem vorherigen Domizil ausziehen muss. Sie unterstützen Ihren Freund und gewähren im einen Lagerplatz. Nach Ablauf eines Jahres stellen Sie jedoch fest, dass Ihr Freund scheinbar keinen Ehrgeiz mehr besitzt, sich nach einer entsprechenden Wohnung für ihn umzusehen, weil er

25

sich zwischenzeitlich in seiner Wohngemeinschaft recht gut eingelebt hat und sich dort wohl fühlt. Sie hingegen haben aber derweil geplant aus Ihrem Kellerraum einen Fitnessraum oder einen Partyraum zu gestalten und möchten natürlich, dass Ihr Freund seine Ausstattung zeitnah abholt, damit Sie Ihre Pläne in Ihrem Wohneigentum umsetzen können. Das kann zu recht ungemütlichen Gesprächen führen, insbesondere dann, wenn Sie merken, dass Ihr Freund kein Engagement zeigt und Ihre Großzügigkeit als selbstverständlich voraussetzt, Dankbarkeit ohnehin ausbleibt und Sie nun auf dem gesamten bei Ihnen eingelagerten Mobiliar sitzen bleiben. In Ihrem Keller beginnt es auch bereits muffig zu riechen und Sie möchten sich von der Last einfach nur befreien, um Ihren eigenen Wohnraum endlich für Ihre Ansprüche nutzen zu können. Ihr Freund spielt aber nicht mit. Nach einer gewissen zeitlichen Zerreißprobe, werden auch Sie dann nicht zögern, zu erörtern, welche rechtlichen Möglichkeiten Sie ins Spiel bringen könnten. Sein Eigentum dürfen Sie nicht einfach vor die Türe stellen und es der Witterung überlassen. Aber Sie wissen schon, dass Sie sich mit jeder Maßnahme, die Sie nun in die Wege leiten, zwar für Ihr geltendes Recht stark machen, dabei aber die Freundschaft aufs Spiel setzen. Möglicherweise fühlen Sie sich auch bereits ausgenutzt und stellen die mutmaßliche Freundschaft ohnehin in Frage. Dann steht der Augenblick bevor, indem Sie ohne Rücksicht auf eine zweifelhafte Freundschaft beginnen zu handeln.

Nun übertragen Sie diese Situation einmal auf die *deutsch-amerikanische Freundschaft*. Seit den Zeiten des kalten Krieges und insbesondere nach Inkrafttreten des transatlantischen Paktes, hat Deutschland den USA den durchaus freundschaftlichen Dienst erwiesen, amerikanische Nuklearwaffen in unserem Territorium zu stationieren. Im Jahr 1984 wäre es hierbei bei einem Nato-Stützpunkt im niederrheinischen Elmpt nahezu zu einem dramatischen Zwischenfall gekommen. Beim Transport einer unzureichend abgesicherten Atombombe fiel diese vom Fahrzeug und wurde derart in Mitleidenschaft gezogen, dass eine plötzliche Detonation nicht unwahrscheinlich gewesen wäre. Dieser Vorfall wurde erst in den frühen 2000er Jahren publik gemacht. Hier hat ein wirklicher Freund einen guten Dienst geleistet-Faktor *Glück*. Mit dem Fall der Mauer zwischen Ost und West, dem Fall des Eisernen Vorhangs und dem Ende des kalten Krieges und dem russischen Regime unter Gorbatschow, wäre es an der Zeit gewesen, unseren amerikanischen Freund darum zu bitten, seinen atomaren Hausrat bei uns abzuholen. Natürlich schreiben wir mittlerweile das Jahr 2017 und der kalte Krieg erlebt eine romantische Renaissance, aber diese würde – aus meiner Sicht – nur halb so bevorstehen, wenn Deutschland mit Lage im Herzen Europas atomwaffenfrei wäre. Im Besitz dieser Waffen machen wir uns mehr zum Ziel einer möglichen Bedrohung, als ohne diese Waffen. Deutschland und die USA, deren beider Vertreter sich ja bekanntlich regelmäßig beim Bier zum Skatspielen treffen, wie es unter Freunden üblich ist, hätten einen enormen Redebedarf, der ein derartiges Eskalationspotential mit sich bringt, an dessen Ausgang die besiegelte Freundschaft ein jähes Ende fände und jede Partei an diesem Abend ihren Deckel alleine bezahlen würde.

Diplomatisch formuliert würde die Zusammenfassung aus diesem Abend lauten» Es gab Augenblicke, da saßen wir nah beieinander. Aber um zu einer Einigung zu finden, sind zahlreiche weitere Dialoge notwendig, bei denen wir uns in anderer Form aufeinander zubewegen müssen. Voraussetzung hierfür wird jedoch sein, dass wir uns zunächst auf unser aller Grundwerte berufen, die ein gemeinsames Miteinander erst ermöglichen. Aus diesem Grunde ist an diesem Abend positiv hervorzuheben, dass wir im Dialog bleiben, wenngleich die Differenzen nicht unerheblich sind und uns allen eine Menge Arbeit abverlangen!«

Ja, die Diplomatie. Sie ist eine teuer bezahlte Hure, die man nur streicheln darf.

Die amerikanischen Atomwaffen stehen bis heute bei uns. Sie werden auch weiter bei uns verweilen. Wir sind den USA das ja historisch schuldig. Ein Kontinent, der erst durch einen Europäer entdeckt werden musste und dann auf sichere Distanz besiedelt werden musste, indem er seinen Einheimischen das Land für *einen Apfel und ein Ei* abkaufen konnte und Sklaverei etablierte, ist ein sympathischer Kandidat für eine fruchtbare Freundschaft. Im Jahr 2017 hat dieses Land darüber hinaus einen Präsidenten gefunden, der das Errichten von Mauern als eine wegweisende Innovation für sich entdeckt hat.

Die Evolution hat dem Menschen ein großartiges Geschenk gebracht: Sie gab ihm die Möglichkeit, eine Sprache zu entwickeln, sich auszudrücken und zu kommunizieren. Sie gab dem Menschen ein Gehirn so groß, dass er es kaum noch schafft ohne medizinische Unterstützung geboren zu werden. Problematisch bei der Geburt ist tatsächlich die Größe des

Schädels, die den Geburtskanal passieren muss, weshalb der Mensch wie kein anderes Wesen auf Geburtshilfe angewiesen ist und nur die wenigsten Frauen in freier Natur gebären können. Bei den uns übrig gebliebenen Naturvölkern, die wir zivilisierten Menschen natürlich ausrotten wollen, weil wir die Rohstoffe ihres natürlichen Lebensraumes für uns beanspruchen und diese abernten wollen, ist die Schädelgröße für gewöhnlich kein Problem. Wen wundert das? Schließlich nutzen Sie die Kapazitäten Ihres Hirns für die notwendige Kommunikation, die erforderlich ist, um ein soziales Miteinander zu pflegen. Und wenn sie Kämpfe auszutragen haben, wenn sie Dialoge zu führen haben, dann tun sie dies auf eine ehrliche und unmissverständliche Art und Weise. Könnte sich jemand auch nur im Geringsten vorstellen, dass heuchlerische Diplomatie hier einen Platz finden könnte?

Übrigens, der Diplomatenkoffer ist voll von Dingen, die wir stets gerne zu Hause hätten. Wo die Sprache versagt, da bringt man gerne Geschenke mit, um ein Symbol des Wohlwollens zu signalisieren. Gerne ist er mit Kokain, mit gewaschenem Geld, radioaktivem Material und vermutlich McDonald-Gutscheinen gefüllt. Wer will dazu schon »Nein« sagen. Oft wünsche ich mir einen solchen Koffer, um ihn mit Reis, Kaffee, Mehl, Zucker und Milchpulver zu füllen und ihn einfach zu verschenken. Leider bin ich zu» postfaktisch« veranlagt, um auch noch diesem Koffer etwas Positives abzugewinnen. Aber am Ende habe ich ja auch noch Hosentaschen, die sich jederzeit zollamtlich überprüfen lassen. Ich bin ein Taugenichts und Tunichtgut, der sich mit vermeintlich edlen Motiven durchs Leben zu schlagen versucht, sich mit jedem Wort und mit jeder Tat strafbar macht, aber dem dennoch die Heuchelei diplomatischer Wortwahl fernliegt, weil er seine Freunde, die ihm in seinem Leben gewachsen sind sehr schätzt und ich ihnen als ein aufrichtiges und liebenswertes Gegenüber erhalten bleiben möchte. Kaum zu glauben, dass man so naiv sein kann, aber ich mag es. Aber ich glaube das könnte auch nur die Wirkung der Pille sein, die ich zu Beginn dieses Kapitels eingenommen habe. Das wäre zumindest ein diplomatisches Argument, mit dem ich mich hier für das Geschriebene aus der Affäre ziehen könnte, wenngleich ich mir derzeit gar nicht sicher bin, ob ich das will. Meine Leser sind schließlich auch Freunde.

Ich gehörte zu den Kandidaten, die plötzlich mit einem Abiturzeugnis in der Hand vor dem offenen Tor zur Welt standen und war völlig planlos, was ich mit meinem Leben anfangen sollte. Während gefühlt neunzig Prozent meiner ehemaligen Mitschüler sich seit geraumer Zeit sicher waren, dass sie *BWL* studieren würden, hatte ich mich noch nicht einmal mit der Frage beschäftigt, was *BWL* überhaupt sei. Da ich seinerzeit bereits meinen ersten Plattenvertrag bei einem Bremer Verleger in der Tasche hatte, war ich mir einerseits ziemlich sicher, dass er nur noch eine Frage der Zeit wäre, bis ich mir als *Popstar* meinen Lebensunterhalt verdienen würde und andrerseits hatte ich auch die Idee, mich nebenbei als Hundezüchter zu etablieren. Boxer sollten es sein. Heute zeigt sich ganz deutlich, dass aus alledem nichts geworden ist. Ich war nie besonders ehrgeizig und stets nur darauf bedacht, mit minimalem Aufwand, den maximalen Gewinn für mich zu erzielen. Hierdurch blieb viel Zeit übrig für das, was mir das wichtigste im Leben war: Feiern! Während der größte Teil meiner Alumni heute bereits über ein eigenes Haus und eine Familie mit Kindern verfügen, führe ich ein vergleichsweise bescheidenes Dasein in einer Zweizimmerwohnung, besitze ein Jobticket und gönne mir regelmäßig den Luxus, meine Leberwerte überprüfen zu lassen. Ausgleichende Gerechtigkeit empfinde ich jedoch hinsichtlich der Tatsache, dass mein Haupthaar noch nicht ergraut ist und ich nicht fettbäuchig im roten Wollpulli die Früchte meines erarbeiteten Wohlstandes

31

auf der Veranda meines Reihenhauses genieße, mit Nackenkoteletts auf dem Weber-Grill und SUV in der Garage. Meine heutige Situation findet ihren Ursprung in der Tatsache, dass ich im Alter von neunzehn Jahren den Wehrersatzdienst in einem Krankenhaus meiner damaligen Heimatstadt Nettetal antrat. Ich hatte mich bereits darauf eingestellt, in den bevorstehenden achtzehn Monaten gemütlich Essenswagen aus der Hauptküche auf die Stationen zu transportieren, um diese nach Verteilung der Mahlzeiten an die Patienten wieder abzuholen und zurückzubringen. Hier hatte ich mich kolossal verrechnet. Ich wurde im direkten Dienst am Menschen eingesetzt und fand mich bereits am ersten Arbeitstag in der Lage wieder, eine reichlich betagte und verwirrte Patientin im Krankenbett waschen zu dürfen. Als ich hiermit fertig war, stürmte ich nahe am Nervenzusammenbruch in die Personalabteilung, um dort drei Wochen Urlaub einzureichen, mit der Begründung, dass ich bereits vor meinem Dienstantritt gebucht hätte und schließlich nicht hätte ahnen können, dass ich derart zeitnah zum Zivildienst herangezogen werden würde. Tatsächlich kam ich mit meinem Antrag durch und der Urlaub wurde mir genehmigt. Dies hatte zur Folge, dass ich drei Wochen im Zustand einer akuten depressiven Phase zu Hause saß und mich mit ablenkenden Substanzen verwöhnte, um vor der drohenden Hölle, die mir nach Ablauf meines Urlaubs bevor stand zu entfliehen. Dabei wurde mir zudem bewusst, dass ich mit meiner Auszeit bereits einen gehörigen Anteil meines mir zustehenden Jahresurlaubs verbraten hatte und nach Ablauf der Schonfrist gnadenlos mein Programm durchziehen müsste. Auf der Überholspur der Sesamstraße sollte ich auf das Gaspedal treten, um mich in die Welt der Erwachsenen einzupflegen. Ich versuchte mich dadurch zu trösten, dass man mir seitens der Pflegedienstleistung im Krankenhaus angeboten hatte, während meines Staatsdienstes eine Ausbildung in der Krankenpflege wahrzunehmen mit abschließendem Staatsexamen. Dies brachte mir den Vorteil, nach Ableistung meines Zivildienstes zumindest mit einer abgeschlossenen Berufsausbildung auf dem freien Markt zu stehen und insofern noch einen kleinen Profit aus den *Freuden der Pflicht* geschlagen zu haben. Ferner konnte ich hierdurch in die Gunst kommen, durch den über Wochen ausgelegten Blockunterricht die Schulbank zu drücken und musste mich nicht mit dem Elend der Menschen im stationären Bereich auseinandersetzen. Doch wie es der Ausbildungslehrplan vorsah, stand mir auch eine längere Zeit in der Disziplin der *Inneren Medizin* bevor. Dies bedeutete in erster Linie mit unheilbaren Krankheiten konfrontiert zu werden, nahezu ausschließlich komplett pflegebedürftige Patienten betreuen zu müssen und mich mit dem uns allen bevorstehenden Tod, von Angesicht zu Angesicht, auseinandersetzen zu müssen. Nach dem ersten wahrhaftig miterlebten Sterbefall benötigte ich gut sechs Wochen, um die gesehenen Bilder beim nächtlichen Einschlafen aus dem Kopfkino zu verbannen. Zeitweise verstarben an einem einzigen Arbeitstag bis zu drei Patienten und jeder Exitus präsentierte sich in einem anderen Gewand. Manchmal vollzog sich der Schlussakkord des Lebens zügig und ohne großes Spektakel, viel zu oft jedoch ging ihm aber auch eine lange Phase des Siechtums voraus, was dem Dahinscheidenden grausame Grimassen ins

Antlitz zeichnete. Schließlich entwickelte ich ein feines Gespür dafür, wann der Sensemann an die Tür klopfte und konnte mich innerlich darauf einstellen, bis ich irgendwann den Punkt erreicht hatte, dass der Tod für mich in gewisser Weise entmystifiziert war und ich vielmehr in der Lage war, das zu tun, was in meinem Job eine wesentliche Aufgabe war: Den Menschen beim Sterben in Würde zu begleiten. Gleichzeitig stelle ich mir aber auch die Frage, ob ich möglicherweise *abgebrüht* geworden war. Bestätigung dafür, dass ich den richtigen Umgang mit dem Winter des Lebens erlernt hatte, bekam ich von meinen sehr geschätzten Kolleginnen und Kollegen, die irgendwann in ihrer Vergangenheit schließlich denselben Prozess in ihrer Entwicklung hatten durchlaufen müssen. Die Offenheit und Ehrlichkeit, das fürsorgliche Miteinander unter Pflegekräften, Ärzten und anderen therapeutisch tätigen Mitarbeitern, lernte ich als eine selbstverständliche Gegebenheit kennen, ohne dabei wissen zu können, dass es sich hierbei um eine absolute Ausnahme handelte und mein späteres Arbeitsleben mich in dieser Angelegenheit noch eines Besseren belehren würde. In einem Radiobeitrag zur Frage *Was ist eigentlich Kultur* stieß ich auf eine These, die mich begeisterte. Dort hieß es:» Die Kultur beginnt mit der Pflege des Menschen« (Hierzu folgt ein separates Kapitel.)
Sobald sich Menschen gegenseitig umeinander bemühen, sich beistehen, sich begleiten und auch nach dem Ableben in Form von Gedenken, Grabpflege und Weitergabe ihrer Geschichten würdigen, lassen wir Kultur entstehen. Ich verspürte einen ausgeprägten Stolz durch die Gewissheit, mit meinem täglichen

Schaffen maßgeblich kulturelle Substanz aufzubauen. Nach meinem erfolgreich abgeschlossenen
Staatsexamen, hatte mich die Medizin so weit ergriffen, dass ich in Erwägung zog, sie zu studieren. Vorher wollte ich jedoch noch ein paar Jahre weiter als
Krankenpfleger arbeiten, um mir einen kleinen finanziellen Rückhalt zu schaffen. Insgesamt wurden
zehn Jahre daraus. Nachdem ich zum Ende meiner
Karriere in der Krankenpflege im ambulanten Bereich gestrandet war, kam ich zunehmend an die
Grenzen meiner körperlichen Belastbarkeit. Ganztä-
gige Schichten, beginnend um 5 Uhr morgens (An-
kunftszeit beim ersten Patienten) endeten am Abend
gegen 22 Uhr mit dem Schließen der Haustür des
letzten Patienten. Doch auch dann war der Dienst
noch nicht wirklich beendet. Ich trug ein Bereit-
schaftshandy bei mir, welches gerne einmal nachts
um 2 Uhr klingelte und meinen Einsatz forderte, den
Schlaf abzubrechen und zu einem Notfall zu fahren,
der für gewöhnlich gar kein wirklicher Notfall war,
sondern lediglich der Langeweile des Kunden (Patienten durfte man nicht sagen) geschuldet. Es entwickelt sich ein gewisser Frust daraus, nachts aus dem
Schlaf gerissen zu werden und zu einem Kunden zu
fahren, damit dieser dann mitteilen kann, er könne
nicht schlafen.
Als sich mein direkter Kollege, mit dem ich mir
meine Tour teilte im Winterurlaub das Bein brach
und somit sechs Wochen am Stück ausfiel, durfte ich
in dieser Zeit komplett durcharbeiten inclusive aller
Wochenenden, da man sich beim Arbeitgeber nicht
in der Lage sah, eine Vertretung zu organisieren. Mit
dem Ablauf der sechs Wochen litt ich an Verwir-
rungszuständen, Orientierungslosigkeit und völliger

Erschöpfung. Es war an der Zeit für mich, einen Schlussstrich zu ziehen. Dies geschah im Jahre 1999. Mein Weg führte mich zu einem Beratungsgespräch beim lokalen Arbeitsamt. Ich hatte mir zum Ziel gesetzt, komplett umzusatteln und etwas völlig Neues auszuprobieren. Ich wollte weg vom Menschen und hin zur Maschine. Mit der Umschulung zum Fachinformatiker endete somit eine Ära, die ich aus Bequemlichkeit um mindestens zwei Jahre zu lange ausgedehnt hatte. Mit 336 Euro finanzieller Leistung seitens des Arbeitsamtes und 78 Euro Fahrgeld, begann für mich eine finanziell äußerst belastende Zeit und auf die Beantwortung der Frage, wie ich dies überhaupt geschafft habe, finde ich heute keine passende Antwort mehr. Didaktisch war die Förderung durch die betreffende Bildungseinrichtung eine absolute Katastrophe. Tagelang saßen wir in unserem Schulungsraum und zockten *Quake* im Netzwerk, während gelangweilte Dozenten ihren eigenen Interessen nachkamen und scheinbar erfreut darüber waren, dass wir uns selbstständig beschäftigen konnten. Den praktischen Teil meiner Ausbildung absolvierte ich in meinem Wohnzimmer. Mein damaliger Nachbar führte ein kleines IT-Unternehmen und bot mir einen Schein-Praktikumsplatz an, weil er in seiner Firma keinerlei freie Kapazitäten hatte mich unterzubringen. Da es seinerzeit äußerst schwierig war, einen Praktikumsplatz bei einem Unternehmen zu finden, welches sich auch bereit erklärte, die Verantwortung für den Auszubildenden zu übernehmen, konnte ich mich jedoch durchaus glücklich schätzen, zumindest auf dem Papier in einem IT-Haus tätig zu sein. Gelernt habe ich während dieser Zeit vor allem eins, nämlich *nichts.* Bei einer Nicht-Bestehens-Quote von 90 Prozent, kommt es einem Wunder gleich, dass ich meine Abschlussprüfung vor der Industrie – und Handelskammer mit dem ersten Anlauf bestand. Im August des Jahres 2002 war ich Fachinformatiker für Anwendungsentwicklung. In fließendem Übergang fand ich danach zunächst eine befristete Anstellung bei einer deutschen Behörde mit Sitz in Düsseldorf als (Achtung!) IT-Dozent. Mir stand ein vernetzter Schulungsraum mit 24 Arbeitsplätzen zur Verfügung und ich war frei in der Organisation und Gestaltung meiner Schulungen, in denen ich meine Chance nutzen konnte alle seinerzeit 800 Mitarbeiter mit meinem Unwissen zu bereichern. Für meine Schulungen gab es ausgezeichnete Bewertungen bezüglich meiner Unterrichtsgestaltung. Ich orientierte mich hierbei recht genau an dem Verhalten, welches meine eigenen Dozenten während meiner Ausbildung zum Besten gegeben hatten und würzte die Schulungseinheiten mit einem ordentlichen Schuss Humor und gestaltete sie dadurch eher wie eine kleine Theateraufführung. Es war selbstverständlich, dass den Kollegen dies gefiel, hatten sie durch die Teilnahme an dieser *Fortbildung* doch eine Gelegenheit, dem schnöden Büroalltag zu entfliehen.

Nach Ablauf der Vertragsfrist wechselte ich ohne Pause zu einem japanischen Unternehmen, welches heute nicht mehr existiert, und bekam eine unbefristete Anstellung als Systemadministrator und war fortan damit beauftragt, die hauseigenen Server zu warten und pflegen, sowie hausintern als auch für alle europäischen Niederlassungen den Kundensupport zu leisten. Kurzum: Ich hatte ein Problem!

Ich musste einen Weg finden, meine gänzliche Unfähigkeit nicht auffliegen zu lassen und dabei noch souverän wirken. Erschwert wurde diese Situation durch die Anwesenheit meines direkten Vorgesetzten, mit dem ich das Büro teilte und der sich kaum eine Gelegenheit nehmen ließ mich zu fragen »Was machst du eigentlich gerade?« Selbiger *Kollege* neigte darüber hinaus zu teils cholerischen Anfällen, dass er morgens das Büro betrat und die Kleinigkeit eines Missgeschicks ausreichte, ihn dazu zu bringen, seinen Locher, seinen Tacker oder seine Tasse mit solcher Wucht gegen ein Bild an der Wand zu schmeißen, dass dessen Glasrahmen klirrend zu Bruch ging, während er lauthals recht unschöne Worte zum Besten gab. Da ich mich in der Hierarchie der Unternehmensstruktur am unteren Ende der Nahrungskette einordnete, blieb mir als Reaktion nichts Weiteres übrig, als einem devoten Lustknaben gleich, die Abstellkammer aufzusuchen, um mit Handfeger und Staubsauger zurückzukehren und das durch ihn verursachte Chaos zu beseitigen. Ich war also doch zu etwas zu gebrauchen. Und um mir meinen Platz zu sichern, verschwieg ich derartige Vorfälle dem Abteilungsleiter gegenüber und machte gute Miene zum bösen Spiel. Mittelfristig führte dies jedoch dazu, dass ich nicht mehr ohne Magenschmerzen zur Arbeit fahren konnte. Um dieser Situation entgegenzuwirken, nutzte ich die Güte des Unternehmens, mir Möglichkeiten der Fortbildung zu gewähren. Und so besuchte ich mehrtägige Lehrgänge zum Thema »Betriebswirtschaft für Nichtkaufleute«, »Lotus Notes Domino Administration«, »Navision Application Designer«, »Microsoft

Business Analytics« etc. Teilweise flog ich hierzu unter anderem für 5 Tage nach München und genoss die Selbstverständlichkeit zur Mittagspause bereits eine ordentliche Maß Bier zu mir zu nehmen. Diese – wie ich finde – sehr trickreiche Vorgehensweise zur Deeskalation im Arbeitsalltag führte also am Ende tatsächlich dazu, dass ich zu Wissen kam, welches sich sinnvoll anwenden ließ. Ja, ich war Fachinformatiker für Anwendungsentwicklung und *jetzt aber richtig*.

Eine meiner wirklichen Fähigkeiten, die meiner Hypersensibilität geschuldet ist, ist es sehr zeitnah zu erkennen, wenn etwas den Bach herunter zu gehen droht oder sich eine Katastrophe anbahnt, und so entschied ich mich, nach dreieinhalb Jahren, die Kündigung einzureichen. Ein halbes Jahr später meldete das Unternehmen Insolvenz an, während ich bereits in einem Fachverlagshaus für Floristik im Raum Düsseldorf untergekommen war. Hier verbrachte ich meine *goldenen Jahre*. Etwa fünfundneunzig Prozent des Kollegiums bestand aus weiblichen Artgenossen. Als einzige IT-Fachkraft im Hause übernahm ich erstmals Verantwortung, durfte die Infrastruktur nach eigenen Ideen weiterentwickeln und fühlte mich in der Hauptrolle einer *One-Man-Show* sichtlich zufrieden. Ich schätzte die fast familiäre Atmosphäre dieses schnuckeligen kleinen Unternehmens und aus heutiger Sicht, hätte es bis zum Rentenalter so bleiben dürfen. Aber wenn es dem Esel bekanntlich gut geht, dann geht er aufs Glatteis. Nach vier Jahren traf mich der Blitz mitten ins Hirn. Ich lernte in einer Partnerbörse im Internet eine Dame aus der Nähe von Frankfurt am Main kennen. Zu dieser Zeit war sie, im Alter von 36 Jahren, bereits seit elf Jahren mit

schweren Depressionen ans Bett gekettet und Früh-
rentnerin. In mir keimte der alte Krankenpfleger auf
und ich war besessen von der Idee, eine Mission zu
erfüllen und dieser Dame wieder zu einem ordentlichen Leben verhelfen zu müssen, denn dies konnte
ihr nur mit mir als Partner an ihrer Seite gelingen. In
der Konsequenz kündigte ich meinen Job, schloss
mit meiner Heimat ab, ließ mein soziales Umfeld hinter mir und sah mich als einen mutigen Helden an,
der zu neuen Ufern ins Ungewisse aufbricht. Einen
neuen Job hatte ich noch nicht. Jedoch war ich mir
absolut sicher, in der Finanzmetropole Frankfurt alsbald eine angemessene Anstellung zu finden. Wenn
nicht dort, wo denn sonst? Ich war nun bereit für die
große weite Welt und ergriffen von meiner Bereitschaft, das eigene Leben noch einmal komplett neu
anzufangen und ein neues Blatt Papier zu beschreiben. Einmal im Leben muss ein Mann diesen Schritt
wagen.
Ein *gutes* Jahr später ging diese Beziehung in die Brü-
che. Aus heutiger Sicht war das Ende dieser Beziehung das Beste, was mir geschehen konnte. Zunächst
ohne eigene Unterkunft, suchte ich Zuflucht in einer
Wohngemeinschaft, bevor ich drei Monate darauf
eine tatsächlich bezahlbare Altbauwohnung bezog.
Da ich in der Zwischenzeit bei einem der größten
Dienstleister Deutschlands in einem kapitalen Seg-
ment untergekommen war, hielt ich es für angebracht weiterhin in Frankfurt zu bleiben und sah es
als meinen persönlichen Erfolg an, mich in dieser
widrigen Stadt, in der die Grenze zwischen arm und
reich wie sonst kaum irgendwo sichtbar wird, etabliert zu haben. Für einen klassischen Angestellten der

Mittelschicht, wie ich es bin, hat Frankfurt für gewöhnlich nichts zu bieten. In den folgenden vier Jahren, die ich hier verbringen würde, lernte ich das wahre Gesicht der Arbeitswelt kennen. Charakterlich kennzeichnet sich dieses vor allem durch die Tatsache, dass es nicht das Ziel ist für ein bestehendes Problem eine Lösung zu finden, sondern einen Schuldigen dafür auszumachen. Auf der anderen Seite war es jedoch von höchster Priorität es zu verschleiern, falls es zu einer Situation kam, in der dem Unternehmen als Gesamtheit eine Schuld für eine missliche Lage zugewiesen werden konnte. Sollte es beispielsweise der Fall gewesen sein, dass man durch einen Fehler in der Bedienung der Firewall einen Ausfall des Internets verursachte und diesen erst 24 Stunden später wieder beheben konnte, so durfte auf keinen Fall nach außen hin publik werden, dass dieses Problem hausgemacht war.

»Das kommunizieren wir so nicht!« Wir sind stets unfehlbar. Mit meiner gesammelten Erfahrung aus der Zeit als Krankenpfleger war ich in einer völlig falschen Welt angekommen. Arbeit ist Krieg. Im Krieg zieht der schwächere den Kürzeren und macht sich angreifbar. Die Hauptwaffe, die in diesem Krieg zum Einsatz kommt ist die Lüge.

Nachdem ich mich also entschieden hatte, den Dienst am Menschen abzusagen und mich den Maschinen zu widmen, stellte ich nun fest, dass ich es auf anderer Ebene erneut mit *Pflegefällen* zu tun hatte. Es waren die Menschen, die vor den Maschinen saßen und völlig unfähig waren, diese zu bedienen. Die Bereitschaft, sein eigenes Arbeitswerkzeug (in diesem Falle der PC) bedienen zu können, geht gegen null. Nun sollte man mit gesundem Menschenverstand annehmen können, dass es eben genau diese Menschen erfreuen sollte, wenn es Kollegen aus der IT gibt, die ihre Hilfe und Unterstützung im Umgang mit der Technik anbieten, doch ich brauchte nicht lange um mir bewusst zu werden, dass diese Annahme an Naivität kaum zu übertreffen ist. Schuld haben immer die IT-ler, die es schlichtweg nicht möglich machen, funktionierendes Arbeitswerkzeug zur Verfügung stellen. Selbst wenn die Beweislage so erdrückend ist, dass es sich bei dem entstandenen Problem um einen Anwenderfehler handelt, darf man sich mit dem Vorwurf konfrontiert sehen, dass es schließlich nicht die Aufgabe des Anwenders sei, dieser Situation habhaft zu werden. Hier wandelt der Anwender seine permanente Angst in Aggression, um aus der Defensive in den Angriff vorzustoßen. Arbeit ist Krieg! Lange Zeit habe ich in Situationen wie diesen zurückschlagen wollen und die Hände stets zu Fäusten in den Hosentaschen geballt mit mir herumgetragen. Auf Dauer führt dieses Verhalten nicht nur zu Magengeschwüren, sondern wirkt sich darüber hinaus krebserregend auf den gesamten Organismus aus. Wenn ich mir ganz bewusst die Frage stelle, warum ich täglich in diesen Krieg ziehe, dann lässt sich das auf wenige Punkte reduzieren. Ich brauche einen warmen Ort, ein Dach über dem Kopf und muss mich ernähren können. Hierbei handelt es sich um lebenserhaltende Faktoren zur Erhaltung eines Lebens, welches durch tägliche Rückkehr auf das Schlachtfeld dramatisch an Qualität einbüßt. Um dieser Herausforderung jedoch gerecht zu werden, existiert ein seit einer gefühlten Ewigkeit existierender Ratschlag, den ich zutiefst in Frage stelle:»Du musst Dir ein dickeres Fell aneignen!« Mit Verlaub: Genau *das* muss ich nicht! Ich möchte einmal die Situation in Aussicht stellen, wie wunderbar sich unser aller Arbeitsleben darstellen würde, säßen wir alle eingepackt in unser *dickes Fell* beieinander und würden uns somit untereinander unerreichbar machen. In der Zukunft – so geplant- soll es einmal soweit sein, dass die Maschinen unsere Arbeit übernehmen und wir uns entspannt zu Hause vom Wohlstand bedienen lassen (während hier nicht ausreichend geklärt ist, auf welcher Basis der Reichtum dann verteilt werden würde, da wir nicht mehr nach Leistung sondern nach Faulheit entlohnt werden müssten), müssen aber auf dem Wege dahin erst einmal akzeptieren, dass es bis dorthin noch ein weiter Weg ist, auf dem die Maschinen erst einmal Einzug in uns erfahren. Ein *dickes Fell*, welches wir uns hierzu aneignen mögen, soll der erste Schritt in eine Isolation sein, die uns zu völlig inkompetenten Wesen im sozialen Miteinander verwandelt. Die Aussichten im Hinblick auf die Zukunft sind erschreckend. Meine eigenen Eltern habe ich noch als wohlschaffende Menschen kennenlernen dürfen, die am Ende eines Arbeitstages sehr genau wussten, was sie an diesem Tage geschafft hatten. Hätten sie gewusst, dass ich später einmal vor einer Tastatur, einem Monitor und einem Computer sitze und mir mitgeteilt, dass dies einmal meine Arbeit sein würde: Ich hätte sie für verrückt und unzurechnungsfähig erklärt.

Wie es sich für einen ordentlichen und vertrauenswürdigen Menschen gehört, habe ich es in diesem

Kapitel vermieden, meine bisherigen Arbeitgeber genauer zu nennen. Daran wird sich auf folglich nichts ändern. Lediglich auf Arbeitgeberwechsel habe ich hingewiesen. Darauf werde ich ab nun jedoch auch gänzlich verzichten und in einer Weise berichten, als hielte es sich in der Berichterstattung um ein- und denselben Arbeitgeber. Dies ist eine Loyalität, mit der ich hier einen Vorschuss gewähre, die sich seitens meiner Arbeitgeber in deren Arbeitszeugnissen weniger widerspiegelte.

Da gab es einmal einen kleinen schmierigen Schleimscheißer, der sehr unauffällig im Büro neben mir saß. Er studierte eigentlich den ganzen Tag nur irgendwelche Bücher, wenngleich für mich nicht einsichtig war, ob er sie wirklich las, oder nur wie eine von mit gärenden Gras gefüllten Wiederkäuermagen besoffene Kuh durch die Seiten starrte. Stets wie aus dem Ei gepellt, trug er maßgeschneiderte anthrazitfarbene Anzüge, die er gerne mit pastellfarbenen Krawatten verzierte. Mit korrekt gestutztem Dreitagebart, verströmte er täglich den Duft eines teuren (aber billigen) Rasierwassers. Ich hätte aufgrund dessen eigentlich schon stutzig werden müssen. Ja, der saß da ganz unauffällig mit bescheidener Zurückgezogenheit, bis eines Tages auf einer Betriebsversammlung feierlich verkündet wurde, dass er fortan der Personalleiter sei und alleinverantwortlich darüber entscheiden würde, an welcher personell besetzten Position es sinnvoll wäre, das frisch gewetzte Messer an der Kehle anzusetzen. Um sich in seiner neuen Position zu behaupten, war es für ihn enorm wichtig festzustellen, wann ein Mitarbeiter im Unternehmen sich einen Fauxpas erlaubt hatte. Sein Erfolg wurde daran gemessen, wieviele Verstöße er seitens

44

des Personals an die Geschäftsleitung meldete. Mit böser Zunge könnte ich gar behaupten, dass er für jeden gemeldeten Fall eine satte Provision zu seinem ohnehin schon (mutmaßlich) stattlichen Gehalt erhielt. Aber das ist Spekulation, wenngleich auch reine Wahrheit und schmutzige Lüge. Annähernd postfaktisch. Möglicherweise kommt es einer Übertreibung nahe, wenn ich heute behaupte, dass wir uns vom ersten Moment in seiner neuen Position innig liebten und ein sehr emotionsgeschwängertes Verhältnis zueinander aufbauten. Ich hielt jedoch einen Joker in meiner Hand: Ich war der einzige verbliebene IT-Mitarbeiter, der die Infrastruktur im Hause kannte und der wusste, wie alles lief. Wäre ich böse gewesen, hätte ich jederzeit alle Server herunterfahren können, als kleiner Punkt am Horizont verschwinden können und den lieben Gott einen guten Mann sein lassen können. Aus unserer Abteilung, in die ich einst vor vier Jahren eingestiegen war, war ich der einzige verbliebende Mitarbeiter von ehemals acht Leuten. Zwei Kollegen hatten sich in den Bereich des Warenwirtschaftssystems abgespalten und hatten insofern mit der IT-Infrastruktur nichts mehr zu tun, mein ehemaliger Teamleiter, der etwa 20 Jahre jünger ist als ich, war zu neuen Ufern in einem IT-Systemhaus aufgebrochen und der zukünftige Leiter der Abteilung war zu dieser Zeit noch damit beschäftigt auf Anfrage Tonerkartuschen in den Etagendruckern auszutauschen.

Als *Master* des E-Mail-Archivs hatte ich jederzeit Einblick in sämtliche Dialoge, die unser jungfräulicher Personalleiter an die Geschäftsleitung schrieb. Hieraus erwächst eine gewisse Logik, dass ich dies nicht publik machte. Aber ich war jederzeit darüber in

Kenntnis gesetzt, was der Personalleiter gegen mich im Schilde führte, konnte mich exakt darauf vorbereiten und zum Angriff übergehen. So entnahm ich es einer Mail des Personalleiters, dass er es für sinnvoll hielt, unseren *Toneraustauscher* zum neuen Teamleiter zu ernennen und er argumentierte der Geschäftsleitung gegenüber in dem Sinne, dass ich mich *im Anschluss ausreichend demotiviert fühlen würde, um selbst die Kündigung einzureichen.*

Mit diesem Wissen im Hintergrund ergriff ich die Situation, am Folgetag ein persönliches Gespräch mit dem *Personalleiter* zu führen und offerierte ihm eine Idee:» Sag mal, was hältst du davon, wenn wir einen neuen Teamleiter ernennen? Ich finde unser *Tonerschlepper* hat sich dafür bestens qualifiziert. Es würde auch dazu beitragen, dass wir wieder etwas Struktur ins Team bekämen und ein Mann da wäre, der im Hintergrund die Verantwortung übernimmt. Ich würde euch hierbei natürlich selbstverständlich mit meinem Fachwissen im Hintergrund erhalten bleiben und mich fortan ausschließlich um die Funktionalität der Server kümmern. Das würde mir meine Arbeitsabläufe schon sehr erleichtern. «

Da siehst du wieder: Arbeit ist Krieg! Kamerad Rosenkrawatte war entschärft und mit ihm seine giftigen Mienen, die er glaubte verdeckt auszulegen. Zwei Monate später erhielt ich eine Gehaltserhöhung um vierhundert Euro monatlich.

Dessen, was sich hier in der Konsequenz so einfach lesen lässt, sind unzählige Nächte intensiven Nachdenkens vorausgegangen, die ich schlaflos verbringen musste, um mir klar zu werden, wie ich auf meine drohende Entlassung am besten reagieren sollte. Mit einem *dicken Fell* bekleidet, hätte mich das unberührt gelassen und ich mich alsbald auf der Straße wiedergefunden. So widersprüchlich es deshalb auch klingen mag: Bitte bleiben sie dünnhäutig im Alltag des Arbeitskrieges!

Ich komme hiermit zu einer Fragestellung, auf die ich seit geraumer Zeit eine Antwort zu finden versuche, jedoch bisher nicht einmal den blassen Schimmer eines zufriedenstellenden Ansatzes gefunden habe. Wie es für mich völlig untypisch ist, muss ich hierzu ein wenig ausholen, um mit etwas mehr Anlauf in den heißen Brei springen zu können.

Als Vollzeitarbeitskraft verbringe ich für gewöhnlich im Minimum vierzig Arbeitsstunden pro Woche, verteilt auf fünf Arbeitstage zu je acht Stunden bei meinem Arbeitgeber. Dies ist die Zeit, die ich von meiner begrenzten Lebenszeit abgebe und dafür im Gegenzug einen Lohn beziehe, um mir die restliche verbleibende Lebenszeit damit möglichst angenehm gestalten zu können. Nun werde ich mit einer Aufgabe betraut, die ich für meinen Arbeitgeber zu erledigen habe. Für die Erfüllung der Aufgabe benötige ich Zeit. Diese Zeit kostet den Arbeitgeber Geld, aber hierüber darf er sich ja im Grunde nicht beschweren, denn dies war die Vereinbarung, die wir gemäß Arbeitsvertrag abgeschlossen haben. Beginne ich nun mit der Erfüllung meiner mir anvertrauten Aufgabe, schallt es alsbald von meinem Arbeitgeber an mich zurück» Wann bist du denn damit fertig? Das kostet Geld! «So, an dieser Stelle einmal *Stopp!* Fakt ist, ich bin gerade damit beschäftigt, einen Auftrag für meinen Arbeitgeber zu erledigen, mit dem ich die vertragliche Abmachung geschlossen habe, acht Stunden täglich bei ihm zu verbringen und muss mich nun, bei der Erfüllung seiner Aufträge an mich, mit dem Vorwurf konfrontiert sehen, dass dies Geld kostet? Bin ich nicht ohnehin dort und koste ihn Geld und ich stelle mir die Frage, ob es nicht besser wäre, anstatt seine Aufträge zu erledigen vielleicht besser gar nichts zu tun, weil das billiger ist? Wer findet den Fehler? Darf ich hieraus gegebenenfalls sogar schließen, dass mein Arbeitgeber vielleicht am meisten davon profitierte, mir mehr Freizeit zu verordnen, während derer ich weniger teure Aufgaben für ihn löse? Bei gleichbleibendem Gehalt wäre ich jederzeit bereit, dies mit ihm zu diskutieren. Bin ich nun ein guter oder eher ein schlechter Geschäftsmann? Das Problem meines kapitalistisch vorbelasteten Arbeitgebers ist, dass er wachsen möchte. Er möchte größer, schneller, breiter, mächtiger werden, mit jeder Sekunde, in der er existiert. Das Ziel seines kapitalistischen Bestrebens müsste es sein, sämtliches Geld der Welt für sich zu verbuchen, bis er im Besitz allen Geldes ist, welches auf Erden existiert, inklusive allen Buchgeldes, welches nur als fiktive Zahl auf Konten existiert und ansonsten wertbefreit ist. Käme er in diese undenkbare Erfolgssituation, müsste er sich zeitgleich eingestehen, dass er ziemlich arm ist, weil er keinen Handel mehr mit Geschäftspartnern vollziehen könnte, weil sämtliche Tauschdevisen auf seiner Seite verbucht sind und ein Handel nicht mehr möglich ist. Im Augenblick der Erreichung seines Zieles auf dem kapitalistischen Markt kollabiert er selbst und erweist sich als wertlos. Ich liebe meine Naivität in der Beurteilung der Märkte und somit der Dinge, die ich ohnehin nicht verstehe. Postfaktisch ist schon geil.

Und seien Sie sich einer Sache gewiss: Hätte ich meine Aufgabe, die mir seitens meines Arbeitgebers zur Bewältigung aufgetragen wurde zeitnah erledigt; er hätte schon die nächste für mich parat, für deren zufriedenstellende Lösung ich eines nicht in Anspruch nehmen dürfte: Zeit! Denn die kostet Geld, sobald ich meinen Job mache. An dieser Stelle ist nun definitiv einmal ein Absatz erforderlich, den ich kostengünstig einfüge. *Sie* haben ja schließlich für dieses Buch bezahlt! Spüren Sie gerade auch, wie dadurch mein Kontostand anwächst?

Hier findet ein Absatz Platz.

So ein Absatz eignet sich eigentlich immer sehr gut dazu, ein neues Thema einzuleiten. Und, weil ich auf weitere Absätze in diesem Buch möglichst oft verzichten möchte, nutze ich die Gelegenheit an dieses Kapitel noch ein paar losgelöste Anekdoten aus dem Arbeitsleben anzuknüpfen:

Ich war einmal damit beschäftigt, die gesamte IT- Infrastruktur eines Unternehmens in ein neues Gebäude umzuziehen. Sie verstehen, das Unternehmen musste wachsen und die Kapazitäten des ureigenen Mutterhauses reichten nicht mehr dazu aus ausreichend Arbeitsplätze zur Verfügung zu stellen, die nötig gewesen wären, um derart viele Mitarbeiter zu beschäftigen, denen man zur Last legen konnte, dass sie mit der Erledigung ihrer Arbeit das Unternehmen nur am Wachstum hinderten. Ganz *logische Sache,* vom Grundsatz her. Als wir das neue Gebäude bezogen, organisierte die *Imagedesignerin* des Unternehmens einen Kickertisch, der im Raum unserer IT-Abteilung untergebracht wurde. Diese Innovation sollte in etwa folgendes vermitteln:

IT-ler, das sind so coole Typen, die gerne einmal eine Aus-
zeit benötigen, und die kreative Auszeit am Kicker dafür
nutzen könnten, sich in entspannter Atmosphäre Quell-
code zuzuquatschen, der, in die Prozesse des Warenwirt-
schaftssystems eingepflegt, mit Sicherheit dazu beitragen
kann, Prozesse zu optimieren, sodass wir unsere Mitarbei-
ter in Folge nicht mit Aufgaben versehen müssen, deren
Bewältigung und Erledigung nur Kosten verursachen
und unser Wachstum ausbremsen!

Das ist völlig richtig! Stattdessen kickern wir lieber
und sparen Unmengen Geld! Als problematisch hierbei erwies sich jedoch folgendes: Wurde man beim
Kickern erwischt, stellte sich seitens der Geschäftsleitung alsbald die Frage, ob man überhaupt noch Leistung erbringe. Ein Mitarbeiter, der *den ganzen Tag nur*
am Kicker steht, den könnte man doch sicherlich auch
einsparen, da er ohnehin keine Aufgaben erledigt,
die uns am Ende Geld kosten.

Kurzum, Sie ahnen es bereits: Ich verstehe die Arbeitswelt nicht! Sie ist absoluter Blödsinn. Das ist
eine postfaktische Wahrheit.

Ich leite ohne Absatz über in eine andere Anekdote:
Da gibt es Unternehmen, die in ihrer Hierarchie und
somit in der Deklaration ihrer Hierarchie und damit
der Zurschaustellung ihrer Autoritätsstruktur ganze
Pornohefte gestalten. Denn der Kleinere wichst immer nach oben, in die nächst höhere Ebene. Nun stellen sie sich aber einmal einen Vorgesetzten vor, der
ihnen als Wichsvorlage (besserer Begriff wäre an dieser Stelle vielleicht: *Vorbild*) dienen soll, damit sie
seine Autorität auch bedenkenlos anerkennen können. Dieser Vorgesetzte jedoch raucht Zigarillos auf
Kette (natürlich auf Lunge) und regelt seinen täglichen Flüssigkeitshaushalt dadurch, dass er billige

Light-Cola aus 1,5-Liter PET-Flaschen in sich hineinschüttet, die zuvor mindestens 2 Stunden auf dem sonnenbeschienenen Fensterbrett standen, um wohl zu temperieren, was die Flasche – wenn nicht maßlos aufgebläht – irgendwann dazu zwingt, in sich selbst zusammenzufallen. Dieser Vorgesetzte ernährt sich davon! Was da für ein Chemiecocktail in ihm brodelt, der ihn zu einem außer Rand-und-Band geratenen Aggressor macht, dessen wird er sich niemals Bewusst werden, weil er im Alter von 55 Jahren den klassischen Herztod stirbt, den jeder seiner Unterworfenen stillschweigend wünscht, aber niemand sich traut es auszusprechen. Wissen Sie, dieser Typ *Vorgesetzter*, den ich gerade beschreibe, das ist so Einer, der zu einem Meeting einlädt, in dem externe *Verkäufer* von außerhalb kommen, um ihr Produkt zu präsentieren. Und da sitzen sie da mit ihm vor Gästen, die ihr Unternehmen zuvor geschätzt haben (sonst wären sie nicht gekommen) und ihr Vorgesetzter ist nicht in der Lage, in der Präsentation Ihres und auch seines Unternehmens einen vollständigen Satz zu formulieren, ohne dabei das Wort »Arschloch« zu benutzen. Derartige Präsentationsveranstaltungen habe ich erleben müssen und sie können sich kaum vorstellen, wie sehr ich von *Fremdscham* ergriffen war und heute zurecht für mich verbuche: **NEIN**, mit meinem Arbeitgeber muss ich mich niemals identifizieren.

Zum Abschluss dieses Kapitels möchte ich Ihnen ein Bild liefern: Wenn ich morgens die öffentlichen Verkehrsmittel nutze, um zur Arbeit zu fahren, dann passiere ich dabei ein sehr hässliches Gebäude. Ich sehe es tagtäglich. Es umfasst etwa 12 Stockwerke und von außen ist sehr deutlich zu erkennen, dass der Konferenzsaal sich ganz oben befindet. Dieses Gebäude eines Automobilherstellers ist von derartiger Giftigkeit beseelt, dass man sie ihm ihm von außen ansieht. Da ist der Teufel drin. Irgendwann wurden Zäune darum gebaut und Bagger fuhren vor. Und jeden Morgen, wenn ich im Bus sitze und zur Arbeit fahre sehe ich, wie Fensterrahmen, Türen oder sonstiger Unrat aus einen Fenstern geworfen werden und der Teufel so langsam und allmählich Auszug aus diesem Komplex erfährt, bis das entkernte Gebäude schließlich durch eine kontrollierte Sprengung in sich zusammenfallen wird, seinem Ärger dadurch Luft macht und den Blick auf die Sonne wieder zulässt. Da heilt eine Wunde langsam zu. Und wenn ich etwa 10 Minuten später aus dem Bus steige, um das Gebäude zu betreten, in dem sich *mein Büro* befindet, dann stelle ich jeden Tag für mich fest, dass nichts für die Ewigkeit ist, dass auch hier die Tage angezählt sind und sich irgendwann alles friedlich in Luft auflösen wird. Und bis es soweit ist, öffne ich täglich den Auffangbehälter meines Lochers und werfe ein wenig Konfetti aus dem Fenster.

Mir wurde das *große Glück* zuteil, fünf prägende Jahre meiner Kindheit und frühen Jugend in zwei katholischen Internaten verbringen zu dürfen, von denen eines sogar den Status eines Franziskanerklosters hatte. Wenn ich zu Beginn dieses Satzes von *großem Glück* sprach, so denken Sie dabei bitte daran, dass es kaum möglich ist, Ironie in Text zu fassen. Das Projekt zur Indoktrinierung meiner Person ist aus heutiger Sicht jedoch missglückt. Ein Sonderfall von Glück, das erst durch Missglück entstanden ist.

Mit meiner hierdurch gesammelten Erfahrung erlaube ich mir die möglicherweise provokante Anmerkung, dass ich Eltern, die sich heute dazu entscheiden, ihre Kinder einer derartigen Institution anzuvertrauen für unverantwortlich und grob fahrlässig in ihrem Tun halte. Ich selbst wurde noch unter dem Vorwand in diese Anstalten eingeliefert, dass *ich es später einmal besser haben sollte und mir danach alle Möglichkeiten der Welt offen stünden.*

Obwohl ich in einem solchen Umfang Gebete an den lieben Gott gesendet habe, die ausreichend gewesen wären eine komplette Fußballmannschaft lebenslänglich zu vorbildlichen Katholiken zu machen, ist aus meiner Person bekanntlich nichts geworden. *Nichts* im Sinne dessen, was heutzutage als besonders oder herausragend oder erfolgreich bewertet wird. Vielleicht ist aber auch genau *DAS* als Erfolg zu werten.

Die Botschafter des *lieben Gottes* auf Erden durfte ich allumfänglich kennenlernen und wenn das himmlische Paradies dessen, was uns gemäß der katholischen Lehre nach unserem Ableben erwartet auch den Mond einschließt, so würde ich gerne sämtliche Vertreter der katholischen Kirche bereits zu Lebzeiten auf eben diesen verbannen. Dort fänden sie die Zustände vor, zwischen denen sie das irdische Leben einteilen: Gut und Böse. Zwischen Licht und Schatten sollen auf dem Mond wohl postfaktische Temperaturunterschiede von bis zu einhundert Grad Celsius vorherrschen. Ein kleiner Schritt für einen Menschen, der in seinem Wesen ein großer Schritt für die Menschheit ist, kann dort zwischen Himmel und Hölle unterscheiden. Schwarz und weiß, beides keine Farben, sondern eher Zustände verbieten jegliche Farbenpracht, in deren Genuss wir Zeit unseres einmaligen Lebens auf unserem Heimatplaneten kommen dürfen.

Es gab einen äußerst kritischen Vorfall, der sich im ersten Internat *meiner Wahl* ereignete. Einer meiner Mitbewohner gestattete sich in einem von Gott verlassenen Augenblick mit einem wasserfesten Filzstift ein Wort in den Türrahmen zu einer unserer Kammern zu schreiben. Das Wort bestand aus insgesamt drei Buchstaben und lautete » SEX«.

Dies kam einem Skandal gleich und während der Urheber dieser Inschrift nicht ausfindig gemacht werden konnte, wurden wir allesamt zu einer außerplanmäßigen Beichte geschickt.

In den Beichtstuhl passten jeweils nur zwei Personen. Das war zum einen der jeweils aktuelle Beichtkandidat, der ohne Joker und Aussicht auf die Eine-Million-Euro-Frage auf sich allein gelassen auf das Verhör des göttlichen Praktikanten auf Erden einlassen musste, und natürlich der kraft seines Amtes zur

Vergebung aller Schuldhaftigkeit bevollmächtigte Vertreter der Holzkreuzzunft anwesende Richtfunktechniker, der seine Ergebnisse stets an die Oberste Heeresleitung (gerne auch als Hirte bezeichnet) weiterleiten konnte. Alle weiteren, noch zur Beichte vorgesehenen Kandidaten, saßen derweil auf den Bänken der Krypta und mussten ein streng durchgeplantes Beichtvorbereitungsprogramm vollziehen. Dabei langweilten wir uns mächtig und gingen dazu über, in den wirklich ausgezeichneten akustischen Voraussetzungen des Gotteshauses ein Wettfurzen zu veranstalten. Die blieb natürlich auch Pater Ansgar (Anm. Name geändert) nicht verborgen und so verließ er irgendwann wutentbrannt den Beichtstuhl, bäumte sich vor uns auf und teilte uns mit, dass wir alle *Sünder* seien und eines Tages in der Hölle schmoren würden. Bei der Schaffung der Erde in sieben Tagen, hatte Gott einen kapitalen Fehler begangen und einen *Bug* in den Quellcode seiner Schöpfung eingebaut: Der Mensch furzte sinnlos und amüsierte sich darüber. Unter diesen Voraussetzungen war die Abnahme der Beichte technisch nicht mehr möglich.

Es stellte sich mir zur damaligen Zeit ohnehin die Frage, warum es angesichts eines allwissenden Gottes, der mich stets auf seinem Schirm hatte und alles von mir wusste, notwendig sein sollte, meine Sünden erst in einem Holzkabuff an Dritte weiterzugeben, damit diese sie zur Vergebung an ihn weiterleiten würden. Im Grunde genommen hätte es dem lieben Gott doch völlig ausreichen müssen, wenn ich mich ein einem reflektierten Augenblick über meine innere gedankliche Stimme an ihn gewendet hätte, um ihm zum Beispiel mitzuteilen » Hör mal lieber

Gott, ich habe der Cornelia heimlich zugesehen, wie sie nach dem Sport geduscht hat. Ich weiß, das war böse, aber Du weißt auch, dass ich mich in sie verliebt habe. Vielleicht macht es das ja auch wieder etwas besser. Falls nicht, sorry! «

Es war mir gelungen von einem Jungen aus der Parallelklasse die Adresse und Telefonnummer von Cornelia zu beschaffen. Voller Stolz schrieb ich die Daten zu meinem irdischen Paradies seinerzeit auf einen linierten, himmelblauen DIN-A-4 Zettel, der mit weißen Wolken verziert war. An der Wand meiner Schlafecke im Viererzimmer des Internats fand er seinen Bestimmungsort und ich konnte abends vor dem Einschlafen aufgeregt darüber nachdenken, wie es wohl wäre, wenn ich mich endlich traute in der Telefonzelle ein Fünfzig-Pfennigstück in den Fernsprecher zu werfen und Cornelias Nummer zu wählen. Daraus wurde nie etwas. Ich weiß ihre Adresse aber noch bis heute. Meine abendliche Träumerei fand ein sehr frühes Ende. Unser Präfekt Bruder Felatius (Anm. Name geändert) sollte auf meinen Wandschmuck alsbald aufmerksam werden, als er zum *Gute-Nacht-Sagen* unser Zimmer betrat und mir mitteilte, dass ich wohl von Gott verlassen sei, denn dies, was dort an meiner Wand hinge, das wäre so ziemlich das allerletzte, was es gäbe. Dieser Zettel habe mit sofortiger Wirkung zu verschwinden und er erwarte, dass sich ein derartiges Ereignis nie wiederholen würde. In seinen Blicken erkannte ich, dass der Teufel bereits im unmittelbaren Dunstkreis ein kleines Lager aufgeschlagen haben musste, da ich mit meinem Verhalten, welches ich hier an den Tag legte wohl gleichermaßen so etwas wie die Eintrittskarte zur Hölle an der Wand hängen hatte. Bruder

Walter saß auf meiner Bettkante und fuhr mit seiner Hand unter meinen Pyjama, da er es als seine Pflicht ansah, allabendlich auf diese Weise zu kontrollieren, ob man denn auch *in ausreichendem Maße der körperlichen Reinlichkeit nachgekommen wäre,* die für einen seligen Schlaf erforderlich ist und mit meinen Bemühungen, meine schändliche Dekoration von der Wand zu nehmen, genoss ich auch kurz den Augenblick, von seinen klebrigen Wurstgriffeln befreit zu sein.

Dieser Mann, der da an meiner Bettkante saß, antwortete uns einmal auf die Frage, weshalb er sich zum Leben als Ordensangehöriger im Kloster entschieden hätte, dass *Gott ihn gerufen hätte* und er *seine Stimme gehört hätte.* Diese Argumentation bekommt man im Übrigen nicht selten zu Gehör bei derartiger Nachfrage zu den Beweggründen, ein Leben im *Zölibat* zu führen. Nun gehen Sie einmal zu Ihrem Hausarzt und teilen ihm mit, dass Sie Stimmen hören, die Sie dazu auffordern, einen bestimmten Lebensweg einzuschlagen. Handelt Ihr Hausarzt verantwortlich, überweist er Sie zum Neurologen und der Neurologe im Falle eines ausbleibenden Befundes direkt weiter in die Psychiatrie.

Unter *Schizophrenie* versteht man nicht, wie oft fälschlich angenommen, eine multiple Persönlichkeit, sondern insbesondere *das Hören von Stimmen,* die nicht da sind. Als eines der bekanntesten Beispiele hierfür möchte ich gerne an Moses erinnern, der sich von einem brennenden Dornbusch angesprochen fühlte. Ich ziehe respektvoll den Hut vor Menschen, die solcherlei Zustände ohne die Einnahme spezieller Substanzen erreichen. Wenngleich ich mir aber auch ziemlich sicher bin, dass die Bibel zu einem großen Teil aus drogeninduzierten Geschichten besteht.

In meinem näheren familiären Umfeld (*näher bezeichnet an dieser Stelle lediglich eine recht kurze Strecke in der Verzweigung des Stammbaums und weniger die menschliche Verbundenheit*) gibt es einen Herrn, den zu Beginn der neunziger Jahre *der Blitz getroffen hat*. Dies geschah nicht wirklich als tragisches Unglück infolge eines Wärmegewitters, nein, dieser Herr wurde erleuchtet und in diesem Augenblick begann seine Karriere als Missionar, innerhalb derer er sich binnen kürzester Zeit bis zum Propheten hocharbeitete. Ich möchte diesen unglaublichen Werdegang an dieser Stelle einmal kurz skizzieren.

Zunächst einmal erlaube ich mir meinem Verwandten einen Namen zu geben, der natürlich geändert ist, um seine Identität zu schützen und darüber hinaus die Götter nicht zu erzürnen. Ich denke *Walter* stünde ihm recht gut.

Meine Mutter kam eines Tages im Jahr 1993 sehr aufgeregt auf mich zu, um mir die frohe Botschaft zu überbringen. Es sei etwas Wunderbares geschehen und Walter hätte Besuch von seinem Schutzengel bekommen. Diese Nachricht überraschte mich und ich brauchte einen kurzen Augenblick, um mir darüber klar zu werden, wie ich nun mit dieser Information umzugehen gedachte ohne dabei die Gefühle meiner Mutter zu verletzen.

» Wie sieht denn das so aus, wenn plötzlich ein Schutzengel vorbeikommt? « wollte ich von meiner Mutter in Erfahrung bringen.

Nun das wäre also so, dass plötzlich alles ganz intensiv nach Blüten duften würde, obwohl überhaupt keine Blüten in der Nähe wären und es auch gar nicht möglich wäre zu sagen, was für eine Blüte das wäre, weil ihr Duft schlichtweg so unglaublich wunderbar sei.

»Aha. Das ist sicherlich ein untrügliches Zeichen dafür, dass der heilige Schutzpatron auf Erden eingekehrt ist und seine Ankunft nicht nur durch die Melodien, sondern auch den Duft der Engelstrompete signalisiert.«

Ich sah aber den Glanz in den Augen meiner Mutter und spürte ihre Rührung, ob dieser progressiven Rückkehr des Heilands, der mit dem Schutzengel vermutlich erst einmal etwas wie einen Vorboten zur Menschheit entsandt hatte, der natürlich prompt bei Walter aufgeschlagen war und sich dort nun in bester Gesellschaft befand.

Meine Mutter befand, dass wir Walter unbedingt besuchen müssten, um mit ihm gemeinsam an diesem Fest der bevorstehenden Neuzeit zu partizipieren. Es wäre auch von solch wunderlicher Atmosphäre bei ihm zu Hause und er empfinge Nachrichten von Gott über das Flackern seiner Kerzenflammen. Ja, Walter würde die brennende Kerze befragen und dann beginne sie zu flackern und damit ihre Antwort auf Walters Fragen zu geben. Walter musste also irgendwie an den Entschlüsselungscode der chiffrierten *Kerzensprache* gelangt sein, um die Antworten des Herrn auch wortgetreu übersetzen zu können.

Insgesamt wollten mich die beschriebenen Phänomene aber noch nicht so recht überzeugen. Durch meine religiöse Erziehung stellte ich mir die Ankunft Gottes doch etwas spektakulärer vor. Ein derart gewaltiges Ereignis sollte sich doch nicht nur durch das Vorhandensein flackernder Kerzenlichter und raumfüllenden Blütenduft darstellen. Sicherheitshalber fragte ich meine Mutter, ob sie denn sicher sein könne, dass Walter nicht irgendeiner Sekte beigetreten sei. Er ginge weiterhin in den katholischen Gottesdienst, was wohl bedeuten sollte, dass er keinem anderen Verein beigetreten war. Wozu auch? Schließlich gab es während der Gottesdienste dort wohl auch die Möglichkeit über eine weitere Fernsprecheinrichtung mit dem Heiland zu kommunizieren. Es waren die Kronleuchter des heiligen Tempels. Auf diese hatte Walter es ganz besonders abgesehen. Statt der Predigt des Geistlichen und seiner magischen Show Folge zu leisten, konzentrierte sich Walter auf die Rotationen der Lichtinstallationen, aus denen –wer hätte dies vermutet- natürlich ebenfalls Botschaften aus dem Paradies auf die Erde herabregneten. So richtete Walter wohl gedanklich seine Fragen in die Richtung dieser Empfangsanlagen und deutete eine daraufhin einsetzende kreisförmige Bewegung der Leuchter wahlweise als ein deutliches »Ja« oder »Nein«.

Ich war nun wirklich neugierig geworden, Walter zu besuchen und in der folgenden Zeit kam es zu einem tatsächlich intensiven Kontakt und regelmäßigen Besuchen mit gemeinsamem Essen. Bier oder Wein, wie früher, gab es jedoch fortan nicht mehr im gemeinsamen miteinander. Der Weingeist befände sich nämlich in einem direkten Krieg mit dem heiligen Geist. Walter teilte mir an einem Abend zur vorweihnachtlichen Zeit mit, dass ich auserwählt wäre am heutigen Abend von ihm das *Seelenkreuz Christi* zu empfangen. Er sei durch Gott zu diesem Amt berechtigt worden. Ich hatte noch nie zuvor etwas vom Seelenkreuz Christi gehört und war mächtig gespannt darauf, welchen rituellen Zinnober er sich hierzu hat einfallen lassen. Zu späterer Stunde legte er sehr diskret ein silbernes Kettchen mit einem Kreuzanhänger um den Hals, bespritzte mich mit etwas Weihwasser, welches er nun stets in einem kleinen Fläschchen bei sich trug, küsste mich auf die Stirn und äußerte sinngemäß etwas in der Art, dass ich nun einen unzerbrechlichen Pakt mit Gott eingegangen sei und mich diese Ehre mit Stolz und ewiger Dankbarkeit erfüllen müsse. So in der Art muss sich wohl ein bepisster Pudel fühlen, der von seinem Herrchen die Relativitätstheorie erklärt bekommt. Ich vermute auch recht ähnlich geschaut zu haben. Sei es drum. Ich war nun Goldmitglied in einem elitären geistlichen Club. Um das Regelwerk dieses Clubs nicht zu missachten, wäre es von nun an auch sehr wichtig, dass ich mit meiner Partnerin keinesfalls mehr den Geschlechtsakt vollziehen würde, weil Gott dies für uns nicht vorgesehen hatte. Nun denn, man kann nicht alles haben und wenn es ohnehin nur die eigene Partnerin betreffe, ließe sich damit auch irgendwie leben.

Walter verfügte über einen recht preisgünstigen CD-Spieler, der die Angewohnheit besaß, beim Abspielen der CDs zu *springen* und sich in eine Endlosschleife zu begeben, innerhalb derer er etwa ein bis zwei Sekunden des jeweils abgespielten Titels unendlich wiederholte. Sowie dieser Effekt einsetzte hieß es stets »Ruhe bitte, der Herr spricht zu uns! « Sodann konzentrierte sich Walter versunken auf die bizarren Geräuschfetzen, aus denen sich mit der Zeit ganz deutliche Worte für ihn formten.

»Hört ihr 'Herz Herz Herz Herz Herz' lautet die Botschaft. Wir sollten alle auf unser Herz achten. Das ist ein ganz eindeutiger Warnhinweis. Nur durch die unendliche Liebe Gottes sind wir befähigt diese wichtige Information zu empfangen. Lasst uns rasch den Rosenkranz als *dankende Anerkennung* beten.« Für gewöhnlich war es in diesen Augenblicken für mich an der Zeit, Walters Gastfreundschaft nicht unnötig weiter zu strapazieren. Bekanntlich soll man ja aufhören, wenn es gerade am schönsten ist.

Es interessierte mich einmal sehr von ihm zu erfahren, wie dies denn alles im Detail angefangen hätte und bat Walter mir zu beschreiben, in welchem Augenblick er für sich festgestellt hatte, dass der Schöpfer ihn höchstpersönlich zur Kooperation berufen hätte. Was er mir daraufhin berichtete, sollte gleichsam auch mir eine Offenbarung sein. Er war wohl eines vormittags mit dem Firmenwagen unterwegs gewesen, als er feststellte, dass sich am Himmel gleich zwei (!) Sonnen befanden, deren magisch kaleidoskopartiges Licht eben solchen Blütenduft verströmte. Aha. Farben zu riechen, Töne zu sehen, Düfte zu fühlen, Leben in unbelebten Dingen zu sehen; woher kam mir das bekannt vor? Sollte sich Walters Sohn, der sich in meinem Alter befand etwa einen kleinen Scherz erlaubt haben, indem er ihm unbemerkt den *Tee versüßt hatte?* Bis heute halte ich an dieser Theorie fest, aber beweisen kann ich natürlich nichts. Deshalb bleibt es eine von vielen möglichen Theorien. Sollte ein Mensch tatsächlich die *Pforten der Wahrnehmung* durchschritten haben ohne hierbei in Kenntnis gesetzt zu sein, von einer flüchtigen Substanz verleitet worden zu sein, so kann dies eine tiefgreifende Veränderung der Persönlichkeitsstruktur nach sich ziehen. Oh mein Gott.

Gleichzeitig schließt sich auch hier der Kreis. Die Kirche hatte es seit jeher verstanden, ihren Anhängern durch die Darbietung farbenprächtiger Fenster, die für gewöhnlich der aufgehenden Sonne entgegen ausgerichtet waren, sowie dem massiven verbrennen von berauschenden Baumharzen und dem mantraartigen Wiederholen von Gebeten und nicht zuletzt durch den eindrucksdruckvollen Klang von Glocken und Orgelpfeifen, zu einem transzendentalen Erlebnis zu verhelfen. *Kundenbindung* würde man dies heute nennen. Man nehme zehn Gebote dazu und definiere sieben Todsünden und fertig sind die *AGB*. Mit einem kleinen Blick auf die *Top Drei* der zehn Gebote wird alsbald sehr deutlich, dass Gott nicht sonderlich viel Spaß versteht:

1. Du sollst keine anderen Götter neben mir haben.
2. Du sollst den Namen Gottes nicht verunehren.
3. Du sollst den Tag des Herrn heiligen.

Wenn ich es richtig verstehe, dann haben wir es hier mit einem sehr eifersüchtigen Gott zu tun, dessen Liebe uns gegenüber ja bekanntlich unendlich ist, der aber trotz seiner Allmächtigkeit voller Angst ist, dass wir ihm seine Liebe nicht erwidern könnten. Hierbei empfinde ich es als eine ziemliche Ungerechtigkeit, dass Gott *uns alle* lieben darf, jeder einzelne von uns aber ausschließlich ihn.

Nach fünf abgeleisteten Werktagen ist es mir am Tag des Herrn nicht gestattet, einfach einmal Fünfe gerade sein zu lassen. Aus der Traum vom sonntäglichen Frühshoppen. So kommt die Jungfrau zum Kinde. So lebt Gott in uns und durch uns, bis in alle Ewigkeit.

Ich weiß, ich *soll nicht lügen*. Aber Herr Gott, wie soll ich im postfaktischen Zeitalter denn in der Lage sein überhaupt noch zwischen Wahrheit und Lüge unterscheiden zu können? Es bildet sich zwischen schmutziger Wahrheit und reiner Lüge eine Realität, die keinerlei Bedeutung hat. Während Geldgier, Übermaß, Ereignissucht, Privatfernsehen und Fastfood-Ketten sich bereits zu eigenständigen Religionen mit unabhängigen Gebetshäusern entwickelt haben, die mit ihrer unerschöpflichen Liebe um unsere Gunst werben werben, muss ich feststellen, dass längst alle mich umgebenden Einrichtungen des einundzwanzigsten Jahrhunderts mit ihrer Liebe geradezu erwürgen. So entsteht eine Lage, in der ich schlussendlich an rein garnichts mehr glauben kann, jedoch dazu gezwungen bin, mich täglich mit der Angst auseinander zu setzen, da die Institutionen, zu deren Anbetung ich verpflichtet bin, mir mit Freiheitsentzug drohen können. Hierbei steht eine Freiheit auf dem Spiel, die längst keine mehr ist, sondern lediglich ein Bild von Freiheit darstellt, welches wir als absolut annehmen müssen, ohne hierbei jemals nur den Schimmer dessen vernommen zu haben, was Freiheit wirklich sein könnte. Vielleicht ist der Mensch überhaupt nicht für Freiheit geschaffen, solange wir, gefesselt an ein- und denselben Planeten, jeweils nur die Möglichkeiten suchen, für uns selbst das Meiste von ihm abzuschöpfen, ohne dabei zu realisieren, dass weniger oftmals mehr sein kann und nicht alles Gold ist was glänzt, sondern von *fremden Mächten* derartig aufpoliert wird, dass es uns als Gold erscheint.

Es drängt sich mir gerade in diesem Moment auf, wie naiv es doch zu Beginn meiner Schreibarbeit an diesem Kapitel war, ihm den Namen *Über Religion* zu verpassen. Ich habe mich weitestgehend mit der katholischen Kirche auseinandergesetzt, die nur einen kleinen Teilbereich aller existierenden Religionen darstellt. Es wäre auch anmaßend von mir, mich zu anderen Religionen zu äußern, deren Inhalte als kleines Kind nicht in mich hineingeprügelt wurden. Dennoch glaube ich sagen zu dürfen, dass sich die meisten aller Glaubensrichtungen in ihren Standardwerken wie Bibel, Koran (oh je, jetzt fürchte ich um mein Leben) et cetera eines gemeinsamen Prinzips bedienen. Sie alle stellen ein Meisterwerk eines Buches zur Verfügung, welches jeweils für sich beansprucht, der Weisheit letzter Schluss sein zu dürfen und berufen sich alle auf eine überlieferte »stille Post« aus fernen Zeiten, der wir heutzutage nicht einmal Glauben schenken dürfen, dass sie jemals in dieser Form stattgefunden hat. Wer in diese Welt geboren wird und der festen Überzeugung ist, dass er sein Leben nach einem fragwürdigen Buch ausrichten möchte, der möge dies bitte gerne tun, ohne die Entscheidung zum Leben nach freier Wahl anderer Mitmenschen dabei infrage zu stellen. Das wäre praktizierte Nächstenliebe in ihrer schönsten Form. Und so möchte ich auch – nicht zuletzt für Walter, von dem ich seit über zwanzig Jahren nichts mehr gehört habe, dieses Kapitel mit einer kleinen gedanklichen Übung abschließen:

Nehmen Sie für einen Augenblick einmal ganz bewusst die Welt wahr, in der Sie leben. Die Menschen, die Geschäfte, die Straßen, Ihr Büro, die öffentlichen Verkehrsmittel, die Autos, die Werbeplakate, das Internet, die Leuchtreklamen, das Wetter, die Bäume, die Flüsse, die Parks, die Geräusche, den Himmel, die Erde, das Meer, die Gebirge, die Landschaften, die Täler, die Flüsse, die Wiesen, die Wälder, die Luft, das Wasser, den Boden, die Lebewesen, das Universum, die Zeit und alles was sonst noch dazugehören würde. Führen Sie es sich einmal in seiner Gänze vor Augen. Schließen Sie die Augen gerne dabei. Wenn sie glauben in den Zustand gekommen zu sein, ein vollständiges Bild zu haben, dann reduzieren sie es wieder. Vergessen Sie einfach alles und ziehen es aus der Wirklichkeit ab. Atmen Sie dabei tief durch und zählen Sie Ihre Atemzüge. Seien Sie ganz bei sich selbst und finden zu sich selbst. Denken Sie sich alles weg: Die Menschen, die Geschäfte, die Straßen, Ihr Büro, die öffentlichen Verkehrsmittel, die Autos, die Werbeplakate, das Internet, die Leuchtreklamen, das Wetter, die Bäume, die Flüsse, die Parks, die Geräusche, den Himmel, die Erde, das Meer, die Gebirge, die Landschaften, die Täler, die Flüsse, die Wiesen, die Wälder, die Luft, das Wasser, den Boden, die Lebewesen, das Universum, die Zeit und alles was sonst noch dazugehören würde. Am Ende bleiben Sie übrig, ganz allein. Und nun denken Sie sich selbst weg und stellen sich für einen Augenblick das absolute NICHTS vor. Es gibt kein Universum mehr. Alles ist weg. Das ist sehr schwierig, weil sie gerade noch denken. Bewusstsein erfordert die Existenz von Zeit und ist ohne Vergangenheit und Zukunft nicht möglich. Schalten Sie Ihr Bewusstsein aus. Bemühen Sie sich. Versuchen Sie sich das absolute Nichts als Realität vorzustellen, bis es Ihnen als *logisch* erscheint. Suchen Sie einen Näherungswert an diesen Zustand. So ganz werden Sie sich nicht abschalten können. Wenn Sie soweit sind, dann halten Sie einen Moment inne. Es wird ein glücklicher Augenblick sein. Sie müssen nämlich nichts. Überhaupt nichts.

Und wenn Sie nun etwas völlig Groteskes und Bizarres erleben wollen, dann holen Sie sich zurück ins Jetzt und öffnen wieder die Augen:

Die Menschen, die Geschäfte, die Straßen, Ihr Büro, die öffentlichen Verkehrsmittel, die Autos, die Werbeplakate, das Internet, die Leuchtreklamen, das Wetter, die Bäume, die Flüsse, die Parks, die Geräusche, den Himmel, die Erde, das Meer, die Gebirge, die Landschaften, die Täler, die Flüsse, die Wiesen, die Wälder, die Luft, das Wasser, den Boden, die Lebewesen, das Universum, die Zeit.

Ist das nicht schon ohne das Vorhandensein von Religion völlig absurd?

Das Universum

Ich halte es für völlig logisch, dass ich nach meinem Kapitel zur Religion in der Folge einen Aufsatz zum Universum schreibe. Ich möchte sogar relativ provokant eröffnen, indem ich die These aufstelle, dass ich das Universum in der Form, wie wir es wahrnehmen für absoluten Unsinn halte. In jungen Jahren habe ich lange Zeit damit verbracht, mir vorzustellen, wie das Universum gestrickt ist. Eine meiner liebsten Serien im Grundschulalter war »Unser Kosmos« von Carl Sagan. Gleichzeitig habe ich nur einen Bruchteil dessen verstanden, was dort thematisiert wurde. Jedoch faszinierten mich stets die gezeigten Bilder und da ich gleichzeitig süchtig nach »Kampfstern Galactica« war, wovon ich zwei selbst aus dem Fernsehen aufgenommene VHS-Videokassetten besaß, formte sich in meinem Kopf eine sehr romantische Vorstellung der Raumfahrt und alledem, was dort oben im All so stattfindet, beziehungsweise stattfinden könnte. Bereits damals war ich schwer damit beschäftigt herauszufinden, was es mit der »Ewigkeit« auf sich hat. Wie oft werde ich wohl völlig ungläubig meine Frage an die Erwachsenenwelt gerichtet haben »…und das hört wirklich niemals auf? So richtig niemals?« Absolut unvorstellbar. Schweren Mutes musste ich meine Beantwortung der Frage mit der »Ewigkeit« auf einen anderen, späteren Zeitpunkt im Leben terminieren. Der Weg bis dahin sollte mir wie eine Ewigkeit vorkommen. Ich tröstete mich mit einem kleinen Vergleich, als ich in der Grundschule mit dem Zahlensystem vertraut wurde und mir bewusstwurde, dass es keine letzte Zahl, keine allerallergrößte Zahl geben konnte. Und völlig gleich, ob ein Mensch versuchen sollte, jemals die allergrößte Zahl aufzuschreiben, er würde diesen Versuch nicht überleben und am Ende (welches auch immer) bräuchte nur jemand anders vorbeikommen und das gesamte Lebenswerk zerstören, indem er einfach »eins« dazuzählte. Aber auch in diesem Gleichnis ist natürlich ein Denkfehler verarbeitet, wie er grundsätzlich dann auftritt, wenn der Mensch versucht, die Ewigkeit zu bestimmen. Mir persönlich war es aber eine enorme Erleichterung, die Ewigkeit mit dem nie endenden Zahlensystem gleichzusetzen, deren letzte Zahl niemals aufgeschrieben werden könnte, weil es zeitlich schlichtweg nicht möglich ist und logisch bedingt nicht funktioniert. Dennoch wird es nachvollziehbar sein, dass die permanente Ausdehnung des Weltalls, die zudem immer schneller voranschreiten soll mir in jungen Jahren meinen ersten Wahnsinn beschert hat. Ja wohin dehnt es sich denn aus? Vielleicht in Götterspeise? Ich habe es als Kind nicht geschafft, die Frage über die Beschaffenheit des Universums zu beantworten und ich werde es auch als Erwachsener nicht schaffen. Zudem wäre es sicherlich eine anmaßende Behauptung zu glauben, dass ich in einem kleinen Aufsatz in diesem lächerlichen Buch die Antwort auf die Frage aller Fragen geben kann. Aber ein wenig postfaktisches Alternativwissen möchte ich dennoch gerne versprühen. Somit möchte ich nach meinen dürftigen Einleitungssätzen zu einem Thema von gigantischem Ausmaße meine erste Theorie in den (Welt-)Raum stellen.

Um dem Universum nicht völlig Unrecht zu tun, möchte ich noch einmal daran erinnern, dass ich die Existenz des Universums nicht grundsätzlich in

Frage gestellt habe, sondern lediglich behauptet habe, dass es in der Form, wie wir es wahrnehmen nicht existiert. Ich möchte hier jedoch nicht wieder auf den schnöden Ansatz des Solipsismus zurückkommen, der mich in einem meiner vorangegangen Werke schon einmal oberflächlich (was auch sonst) beschäftigt hat und dessen Annahme zu einem sehr einsamen *irdischen* Dasein führt, und darüber hinaus grundlegende Fragen unbeantwortet lässt.

Ich setze jetzt einfach voraus, dass jeder von uns ein individuelles Lebewesen ist, welches in einer bislang nicht entschlüsselten Weise mit Raum und Zeit (bzw. dessen, was wir als solches bezeichnen) vernetzt ist. Unser Gehirn versucht alles Wahrgenommene in einer möglichst begreifbaren Art für uns zu interpretieren und darzustellen. Es erscheint deshalb fast als selbstverständlich, dass Objekte von denen wir uns immer weiter entfernen, eine ganz besondere Gestalt annehmen, bevor sie sich verkleinern und irgendwann nicht mehr sichtbar sind. Die Objekte werden rund. Sofern es sich um losgelöste Einzelobjekte handelt werden sie rund. Ein Wolkenkratzer, der in sein Umfeld eingebunden ist, wird selbstverständlich nicht rund je weiter wir uns von ihm entfernen. Dies ist schließlich auch gar nicht erforderlich, da dieses Objekt in eine für den Menschen vertraute und fassbare Umgebung eingebettet ist, innerhalb derer er aufgewachsen ist. Natürlich gibt es auch in diesem Falle keinen Beweis für die Richtigkeit des dargestellten Bildes. Letztendlich ist jeder verarbeitete Sinnesreiz in seiner Wirkung nichts anderes als eine Interpretation unseres Gehirns, welches versucht uns eine Realität darzustellen, innerhalb derer wir uns orientieren können. Da das Gehirn dafür bekannt ist zu abstrahieren, darf ich daraus schließen, dass sich gleichzeitig auch eine nicht unbeachtliche Menge an Informationen unserer Aufmerksamkeit entzieht. Allein dieser Filter ist bei jedem von uns so situativ und individuell ausgerichtet, dass wir uns immer in unterschiedlichen Realitäten befinden. Durch die Anwendung der Filter, findet automatisch auch ein Messungsprozess statt. Spätestens seit der Durchführung des Doppelspaltexperiments ist bekannt, dass jede Messung das Ergebnis beeinflusst. Allein deshalb sind wir stets und in allen Bereichen Falschinformationen (wenn das nicht postfaktisch ist!) ausgeliefert. Grundsätzlich darf ich noch nicht einmal mehr glauben, was ich hier schreibe.

Wie soll es nun möglich sein, unter diesen wirklich äußerst ungünstigen Voraussetzungen eine sinnvolle Erklärung zu finden, wie unser Universum aufgebaut ist? Ich vergleiche unsere Möglichkeiten gerne mit denen eines Hundes, der durch den Menschen domestiziert wurde und in unseren technisierten und industrialisierten Alltag integriert ist. Mit einer völligen Selbstverständlichkeit setzt sich der Hund mit seinem Herrchen ins Auto und fährt mit zum Einkaufen. Allein bei der ersten Konfrontation mit dem fahrbaren Untersatz wäre es doch im Grunde genommen sehr einleuchtend, einen verdutzten Hund vorzufinden, der sich völlig überrascht die Frage stellt» Ja Mensch, was ist das denn für ein seltsames Ding?«

Ohne jemals selbst ein Hund gewesen zu sein, bezweifele ich, dass es im Kopf eines Hundes derart investigativ vor sich geht. Und wenn es dennoch so wäre, dass in den tiefen seiner Gedankengänge eine derartige Frage aufkäme, so steht er vor einem weiteren Dilemma: Der Hund kann diese Frage niemandem stellen. Der Hund verfügt nicht über die geeigneten Methoden. Wie gerne legt sich ein Hund in die Sonne, um die Wärme zu genießen und süßen Hundeträumen zu frönen. Hierbei ist es dem Hund völlig gleichgültig, was das für ein seltsamer leuchtender Ball da oben am Himmel (Himmel? Was ist ein Himmel?) ist. Dem Hund reicht aus, dass die Voraussetzungen, die Vorzüge einer scheinenden Sonne zu nutzen vorhanden sind und kann sich diese zunutze machen, ohne lästige Hintergrundfragen zu stellen. Was würde es ihm schließlich auch bringen? Genau an dieser Stelle setze ich an, wenn ich eine Erklärung dafür finden möchte, dass wir unser Universum nicht erklären können. Wir Menschen können nicht die richtigen Fragen stellen, die uns einer Erklärung näherbringen. Könnten wir dies, hätten wir keinen adäquaten Ansprechpartner, mit dem wir diese Fragen diskutieren und verständliche Antworten erhalten könnten. Vorausgesetzt, wir bekämen die Antworten? Was würden sie uns nutzen? Unsere Hände, unsere Maschinen, unsere Werkzeuge, nichts ist darauf ausgerichtet, das Universum zu verändern oder es zu beeinflussen. Es bleibt uns nichts Anderes als hinzunehmen, was unser Gehirn uns als einen begreifbaren Entwurf darstellt, um den Weltraum zu verstehen. Erreicht unsere Vorstellungskraft hierbei ihre Grenzen, dann wird es eben rund. Für unseren Verstand ist es das einfachste Model, sich die Ewigkeit in der Form einer runden Kugel vorzustellen. Mehr brauchen wir auch nicht zu unserem eigenen Überleben. Wer wirklich glaubt, dass unsere Spezies eines Tages, sobald wir unseren Heimatplaneten zugrunde gerichtet und ausgebeutet haben (hiermit rechne ich persönlich übrigens innerhalb der kommenden einhundert Jahre), den glaube ich enttäuschen zu müssen. Eine Hand voll letzter Menschen auf den Weg zu schicken, die für den Fortbestand der Menschheit sorgen soll, scheitert nicht nur an der fehlenden Technik, sondern auch an der mangelnden Physis und an der psychischen Beschaffenheit des Homo Sapiens. Vorausgesetzt wir wüssten um die Existenz eines bewohnbaren Planeten mit erdähnlichen Bedingungen, so ist es für mich als schlechter Mathematiker kaum auszurechen, wie viele Generationen von Menschenleben es bräuchte, bis dieser erreicht wäre. Ungeachtet dessen, dass wir uns bereits interkulturell auf der Erde in einem irrsinnigen Konkurrenzkampf zerfleischen und Kriege führen, würde der Druck einer auf den Weg gesandten Überlebensgruppe nicht minder hoch, wenn nicht um ein vielfaches höher. An Bord einer kleinen Raumstation, die auf ihrer Mission ist unseren Fortbestand zu erhalten, hätten wir uns bereits in kürzester, im Kampf für ein Überleben, welches zu diesem Zeitpunkt bereits keinerlei Qualität mehr besäße, gegenseitig selbst vernichtet. Was wir auf Erden unter besten Voraussetzungen nicht schaffen, schaffen wir in den lebensfeindlichen Weiten unseres Weltalls erst recht nicht. Auch wenn es jenseits des menschlichen Forschergeistes liegt, sollten wir unsere Kräfte auf den Erhalt der Erde fokussieren. Setzt man die hauchdünne Schicht unserer Erdatmosphäre einmal in die Relation zur Größe des Universums, dann sollte deutlich werden, dass es sich hier um einen wirklich verschwindend geringen Raum handelt, der

73

uns zur Verfügung steht. Anstatt dies zu schätzen und zu schützen, nutzt der Mensch diesen Raum jedoch bevorzugt zur Durchführung von Atomtests, zum Verbrennen fossiler Brennstoffe und zur Entsorgung Dampf gewordenen Giftmülls. Wie schön wäre es, wenn wir uns mit unserer angeborenen Disposition im dreidimensionalen Raum bewegen würden, der sich seinen Weg durch die Zeit bahnt, um diese zu nutzen und ein zwar kurzes aber dafür schönes Leben zu verbringen. Man kann schon ein wenig ins Träumen geraten, wenn man sich höchst unwissenschaftlich mit dem Universum auseinandersetzt.

Glaubt man den aktuellen Erkenntnissen der Wissenschaft, so hat unser Universum bereits die Hälfte seiner »Lebenszeit« erfolgreich hinter sich gebracht. So soll die vorhandene Energie bereits ihren Zenit überschritten haben, wodurch die Auskultation neuer Materie nachlässt und durch die fortschreitende exponentielle Expansion ein Verdünnungseffekt einsetzt, der in circa elf Billionen Jahren dafür sorgt, dass sich das Universum wie ein Pizzateig, der immer dünner ausgerollt wird und irgendwann Löcher bekommt, »vor unseren Augen « im Nichts auflöst. Ich stelle mir dieses Ereignis wirklich spektakulär vor und bedaure bereits jetzt, zu diesem Zeitpunkt verhindert zu sein. Aber wozu soweit in die Zukunft schauen, denn auch unsere Sonne hat bereits ihr halbes Leben hinter sich und wir werden es nicht schaffen, den Kollaps der Sonne in Form einer Supernova noch zu erleben. Vorher wird die Sonne sich derart aufgeplustert haben, dass sich die Erde außerhalb der habitablen Zone befindet und sich unsere Atmosphäre, vom Winde verweht, in

Nichts auflöst. Ich finde dies ist kein Grund zur Besorgnis. Bis dahin wird sich kein Mensch mehr auf der Erde befinden. Am bedrohlichsten für die Existenz der Menschheit als die Gefahr, die aus dem Weltall kommt, ist die Gefahr, die wir für uns selbst darstellen. Genießen wir doch einfach den kurzen Augenblick, in dem wir uns verdeutlichen, dass jeder von uns, als Reaktion auf den Urknall aus Sternenstaub beschaffen, ein Bestandteil einer gewaltigen und unvorstellbaren Explosion ist, innerhalb derer wir kurz aufflammen, um anschließend wieder zu Staub zu werden. Mit dieser Vorstellung eines Universums kann ich gut leben, zumindest in dem Augenblick, da ich diese Zeilen schreibe.

Über den technischen Fortschritt

Wenn ich wenige Zeilen zuvor noch behauptet habe, dass unsere technische Entwicklung für eine Expedition in die Weiten des Weltalls zur Erhaltung unserer Spezies zu langsam fortschreitet, so ändere ich nun meinen Betrachtungswinkel und gebe zu Bedenken, dass unser technischer Fortschritt viel zu schnell entwickelt. Allein die Menschen aus meiner Generation hatten die Möglichkeit innerhalb nur weniger Jahrzehnte den Auf- und Niedergang verschiedener Errungenschaften zu erleben. Als Beispiel seien hier erwähnt die Compact-Disc, die VHS-Kassette, das Space- Shuttle, der Fernsprechtischapparat mit Zusatzklingel, die Sparlampe und Stefan Raab. Vermutlich ließe sich die Liste beliebig erweitern. In anderen Bereichen hingegen gab es unzählige Neuentwicklungen und Innovationen, die in ihrer Entstehung zu beobachten spannend war, die jedoch mittlerweile dermaßen in unseren Alltag integriert wurden, dass sie zur Selbstverständlichkeit geworden sind und dazu führen, dass die motorischen und geistigen Fähigkeiten der nachfolgenden Generationen darunter leiden werden sodass unsere Erde von völlig unfähigen Körperhülsen bewohnt werden wird. Bereits heute soll es Menschen geben, die es nicht mehr schaffen, den gewohnten Weg zur Arbeit und zurück ohne Navigationsgerät zu finden. Wer bemüht sich heute noch, den Umgang mit einer Landkarte zu erlernen? Natürlich ist ein Navigationsgerät komfortabel und bietet in vielerlei Hinsicht eine Erleichterung. Selbstverständlich würde ich in einer fremden Stadt ebenso zu diesem Hilfsmittel greifen, um dem Puls des gewachsenen und nervenzermürbenden Straßenverkehrs standhalten zu können. Ein Navigationsgerät ist eine großartige Sache. Problematisch wird es meiner Meinung nach dann, wenn dieses Hilfsmittel auch in den Situationen angewandt wird, bei denen uns unser eigener Orientierungssinn noch halbwegs gute Dienste leisten könnte. Dies geschieht vor allen Dingen dann, wenn die Benutzung dieses Systems zum Standard wird und im selben Handgriff mit dem Starten des Motors eingeschaltet wird.

Neben dem Navigationsgerät hat darüber hinaus eine ganze Menge mehr technische Innovation Einzug in unsere fahrbaren Untersätze erfahren. Ich erinnere mich gerne an das Jahr 1994 zurück, in dem ich mein allererstes Automobil besaß. Ja, ich habe erst relativ spät, im Alter von 21 Jahren, eine Fahrlizenz erworben (Heute muss der Nachwuchs ja schon mit 16 Jahren einen vorzeitigen Führerschein besitzen, um konkurrenzfähig zu bleiben).

Es handelte sich um einen zweihunderter, cremefarbenen Mercedes Diesel aus dem Baujahr 1982, der bei meinem Erwerb bereits stattliche 293.000 Kilometer abgeleistet hatte. Ich zahlte satte einhundert Mark für dieses kleine Schmuckstück und konnte mich zudem darüber erfreuen, dass dieses Fahrzeug kurz vor meinem Kauf eine weitere Zulassung für zwei Jahre erhalten hatte. Im Nachhinein muss dieses wunderschöne Gefährt sich als das einzige Automobil erweisen, zu dem ich eine Art »Beziehung« pflegte. In seinem Inneren fühlte ich mich wohl aufgehoben, hatte großzügigen Raum zur Verfügung und saß -wie in einem gemütlichen Wohnzimmer- in einem einladenden Sessel. Das analoge Autoradio mit Kassettendeck, die wunderbar funktionierende Heizung, die dezente und milchig anmutende Beleuchtung der Armaturen, der leicht zitternde Tachometerzeiger und nicht zuletzt der zufrieden und warm klingende Dieselmotor, welcher mir das Gefühl gab, dass ich mit ihm noch einmal die ganze Welt umreisen könnte, sorgten für ein Ambiente, welches ich als mein zweites Zuhause annahm. Bei einem solch betagten Schätzchen erlebt man natürlich auch mal den einen oder anderen schlechten Tag. Da kann es sein, dass einmal die Lichtmaschine den Geist aufgibt, die Antriebswelle ablebt oder vergleichbare Alterserkrankungen auftreten. Wenn man dann ein oder zwei Freunde hatte, die eine kleine Krautwerkstatt betrieben, fuhr man gemeinsam zum Schrottplatz, um das geeignete Ersatzteil zu organisieren und für 50 D-Mark und einer Kiste Bier als Zugabe war das Auto alsbald wieder einsatzbereit. Ich weiß, ich schwelge gerade in nostalgischen Erinnerungen und mache natürlich ganz schwer auf »früher war alles besser« und ich bin mir natürlich im Klaren darüber, dass auch heute noch Lichtmaschinen und Antriebswellen mit Defekten auflauern, aber durch den Einzug der sensibelsten Digitaltechnik in unsere Fahrzeuge wurde die Bandbreite aller möglichen Schäden um ein Vielfaches erhöht. Dazu kommt, dass zur Diagnose eines Defektes meist noch einmal der gleiche Aufwand an digitalen Gerätschaften aufgefahren werden muss, um Sender und Empfänger miteinander zu verbinden. Der Mechatroniker steckt hierbei die Kabelverbindungen, überlässt dem Prozessor die Messarbeit und liest das Ergebnis vom Display ab, damit er anschließend den Neubeschaffungspreis für die Komponente nennen kann, die ausgetauscht werden muss. Repariert wird hier gar nichts mehr. Austauschen, ersetzen und wegwerfen. Das ist der technische Fortschritt der Neuzeit. Der Austausch eines Steuergerätes (Man bedenke es handelt sich um ein »Steuergerät«) darf hierbei schon einmal 600 Euro kosten, nur damit die Messwerte der Abgase auch folgerichtig interpretiert werden oder die Sitzheizung erkennt, ob der Beifahrer an einem Hämorrhoidenleiden erkrankt ist und die Heizleistung dementsprechend herunterfährt. Der klassische Kolbenfresser erfährt eine Abwertung und bei seinem Eintreten ist es aus wirtschaftlichen Gründen meist ergiebiger gleich das ganze Auto auszutauschen. Wenn der Krebs einmal in der Mechanik die Vorherrschaft übernommen hat, dann pflückt man sich doch besser gleich ein neues Vehikel vom Baum der unerschöpflich *nachwachsenden Rohstoffe*. Das ist schließlich keine Schande. Das ist menschlich. Denn unlängst gehören wir Menschen auch in diese Stoffgruppe. In unserer hochtechnisierten Zeit ist es eine Selbstverständlichkeit, dass die einstige Personalabteilung umgetauft wurde in *Human Ressources*. Ich bitte Sie zur Kenntnis zu nehmen, dass dies wohl die genialste Überleitung innerhalb dieses Buches ist, welche Sie zu erwarten haben. Ich nehme rasch wieder meine verplotteten Notizen hinzu und orientiere mich im weiteren Schreibverlauf wieder an meinen sorgfältigen Vorbereitungen zu diesem Schriftwerk. Wie konnte es dazu kommen, dass wir Menschen in den Status der nachwachsenden Rohstoffe geraten? Ich gebe Ihnen eine postfaktische Antwort auf diese Frage. Erinnern wir uns hierzu zurück an eine Zeit, in der gedruckte Kataloge, unverständliche und komplizierte Formulare sowie Bestellkarten unseren

Alltag beherrschten. Mühsam und sorgfältig ausgefüllt wurden Sie in ein Kuvert verpackt und mit der Post an das Versandhaus, die Behörde oder das Amt gesendet. Sobald wir den ausreichend frankierten Umschlag dem Briefkasten anvertraut hatten, endete unsere Pflichterfüllung bezüglich der Sorgsamkeit. Ab jetzt hatten wir uns auf die Serviceleistung der deutschen Post, wie auch auf die Vertraulichkeit des Empfängers zu verlassen. Man konnte sich zurücklehnen und entspannt abwarten. Eine Sendungsverfolgung gab es nicht. Wer höchstmögliche Absicherung verlangte, der verschickte per Einschreiben mit Rückschein. Der Rückschein erwies sich nach Erhalt als sicheres Beweisstück, seine Aufgabe richtig erfüllt zu haben. Er versprach ein gutes Gefühl. Schlussendlich gelangte unsere Postsendung in die Hände eines Sachbearbeiters, der die notwendigen Schritte veranlasste, unser Anliegen zu unserer Zufriedenheit zu lösen. Dieser Sachbearbeiter arbeitete gemäß einer sehr natürlichen Frequenz. Er arbeitete Formular für Formular, Bestellkarte nach Bestellkarte, nach gutem Gewissen ab. Natürlich mussten wir ein paar Tage in Kauf nehmen bis unsere Bastelteile von einem renommierten Versandhaus für Elektronik auf dem Postweg bei uns eintrafen, aber dies nahmen wir als Selbstverständlichkeit wohlwollend an. Der Prime-Versand mit Lieferung am nächsten Werktag war unvorstellbar. Nun ist es die Grunderkrankung des Kapitalismus, dass sich alles stets im Wachstum befinden muss. Dieses Wachstum darf hierbei nicht linear erfolgen, sondern muss von exponentieller *Natur* sein. Um dieser Anforderung gerecht zu werden, etablierte der Mensch sogenannte CRM-Systeme. Für denjenigen, der es nicht kennt, das sind softwarebasierte Warenmanagementsysteme, die sämtliche Formulare und Bestellkarten auf Papierbasis ablösten, um den Verkaufsdurchsatz zu erhöhen, der bislang durch den natürlichen und menschlichen Bearbeitungsrhytmus ausgebremst war und verhinderte, dass sich das Wachstum im erforderlichen Maße exponentiell weiterentwickeln konnte. Webshops im Internet ermöglichten es alsbald, dass wir nach Eingang unserer Bestellung instantan eine Bestellbestätigung per E-Mail erhalten, die den Erhalt einer Bestätigungskarte obsolet machte. Die Maschinen gaben von nun an den Takt an und der Mensch musste sich als nachwachsender Rohstoff fügen, um von ihnen aufgefressen zu werden. Der »Burnout« als Krankheit war hierdurch jedoch noch lange nicht entdeckt. Zunächst galt es, die Maschinen zu verbessern, die Datendurchsatzgeschwindigkeit zu erhöhen, 32-Bit reichten alsbald nicht mehr aus und die Maschinen mussten auf 64 - Bitsysteme weiterentwickelt werden. Für kaum eine Technologie (neben der Entwicklung von Waffen) entwickelt der Mensch mehr Enthusiasmus, als diejenige, die die Geschwindigkeit unserer Maschinen erhöht. Der Ersatz einer reklamierten Neuware ist mittlerweile schneller auf dem Weg zu uns, als es uns möglich ist, die defekte Retoure auf den Rückweg zu bringen. Es musste mehr Speicherplatz her. Vielmehr Speicherplatzt musste her. Glaubt man einer aktuellen Statistik, deren Herkunft ich postfaktisch nicht belegen muss, so sind 90 Prozent des weltweit gespeicherten Datenvolumens allein in den letzten 5 Jahren (Stand 2017) entstanden. Leute, was für ein Irrsinn! Wer wacht auf? Wer hört auf? Wer hat den

Mut einfach alles hinzuschmeißen? Niemand. Weitermachen. Beuten wir uns aus. Lassen wir uns auslutschen vom System. Ich habe persönlich einmal erlebt, dass ich im völlig verkaterten Kopf nach dem Aufwachen am Samstagmorgen gegen 7:52 Uhr bei einem großen Onlineversandhaus eine Schallplatte (an die jüngeren Leser: ich werde in einem späteren Kapitel noch erklären, was das genau ist) bestellt habe und diese noch am selbigen heißen Sommertage mit Temperaturen um 35 Grad Celsius gegen 18 Uhr von einem völlig erschöpften Lieferanten zugestellt wurde. Ich hätte ihn am liebsten eingeladen, von meinem Zitronenhühnchen mitzuessen, welches zu diesem Zeitpunkt im Backofen lag, jedoch hatte ich nicht die Reaktionszeit diesen Gedanken zu Ende zu bringen, während er mir die Ware überreichte und wieder verschwand. Und nun stelle ich mir ernsthaft die Frage: Wird die Zeit, die uns bleibt, uns auf etwas zu freuen alsbald überholt durch die Zeit, die es benötigt uns zu beliefern? Ficken wir bald mit halbstehenden Schwänzen in trockenen Pussies, um uns möglichst schnell umzudrehen und vom Orgasmus zu träumen und uns am Folgetag auf die Vorstellung daraufhin einen herunterzuholen, bei der Fragestellung »wie es denn gewesen wäre, wenn...?« (Ich bitte anzuerkennen, dass es stattliche 80 Seiten benötigte, um einen ersten schmutzigen Satz zu formulieren!) Die Antwort lautet leider: Ja!
Alles andere wäre auch schließlich nicht von Belang. Der Mensch ist nachwachsender Rohstoff. Als sogenannte IT-Fachkraft gehört es zu meinen täglichen Aufgaben, Menschen, die vom System erschlagen werden und denen begründet die Technik über den Kopf hinauswächst und die sich überfordert fühlen,

Unterstützung im Umgang mit ihrem Arbeitswerkzeug zu geben. Hierbei stelle ich immer wieder fest, dass unsere sozialen Umgangsformen durch die technischen Anforderungen mittlerweile in einer grauenhaften Verfassung sind. Es gibt jedoch auch Bereiche, in denen uns der technische Fortschritt deutlich toleranter hat werden lassen. Mit dem Fall der Berliner Mauer im Jahr 1989 und dem darauffolgenden Bekanntwerden der durch die Stasi angewandten Abhörmethoden machte sich große Empörung breit. Mit für damalige Verhältnisse hohem technischem Aufwand wurden Anlagen installiert, die es ermöglichten, sämtliche Telefongespräche mit zu verfolgen und nicht weniger Aufwand wurde staatlicherseits betrieben, um sich Gehör in den *privaten* Wohnbereich seiner Bürger zu verschaffen. Was nach der Aufdeckung als skandalös und unglaublich galt, das ist heutzutage gewissermaßen ein Standard. Fast jeder gute Bürger schleppt die hierzu notwendige Technik heute in Form von mobilen Endgeräten freiwillig mit sich herum. Jedes Wort, das wir sagen, jeder Ort, an dem wir uns aufhalten, alles wird stetig *mitgeloggt* und wir geben den perfekten gläsernen Bürger ab. Das» perfekte Verbrechen« zu begehen, welches so ausgeklügelt durchgeführt wird, dass man unmöglich gefasst werden könnte, wäre nur unter dem völligen Verzicht digitaler Unterstützung möglich. »Postfactum« ist somit gerade zu einem praktischen kleinen Ratgeber geworden. Im Übrigen bereitet es mir persönlich ganz große Freuden, im Internet bewusst ein falsches Persönlichkeitsprofil von mir darzustellen, in dem ich Beiträge positiv bewerte (neudeutsch: *li-*

ken), die mir nicht wirklich sonderlich zusagen (ausgeschlossen hierbei natürlich rechtsradikaler Bullshit und jedwedes andere moralisch perverse Dreckszeug), mit dem Ziel für mich völlig irrelevante Werbung zu erhalten. Das gelingt soweit auch ganz gut. Ich werde beispielsweise überhäuft mit Werbung für Motorenöl, obwohl ich noch nicht einmal mehr im Besitz eines Kraftfahrzeugs bin. Und da ich ferner über kein Smart-TV verfüge, laufe ich auch nicht Gefahr, zu Hause bezüglich meines Konsumverhaltens (das ist übrigens ganz gut so!) beobachtet zu werden. Ich setze hierbei voraus, dass es allgemein bekannt ist, dass nicht mehr ausschließlich wir diejenigen sind, die TV schauen, sondern wir selbst Programm sind, welches vom TV-Gerät gesehen wird. Gerade heute habe ich übrigens einen Artikel gelesen aus dem hervorgeht, dass Herr Elon Musk (Tesla-Mastermind) ein neues und wirklich großes Projekt in Augenschein genommen hat: Die Verschmelzung der künstlichen Intelligenz mit der menschlichen Intelligenz. Dieser Schritt sei erforderlich geworden, um zu verhindern, dass die künstliche Intelligenz den Menschen einholen wird. Zur Verwirklichung dieser Idee ist es angedacht, elektronische Bauteile in das Gehirn des Menschen zu verpflanzen, die im Bedarfsfalle dafür Sorge tragen, dass wir in der Lage sind *schneller zu denken*. Vielleicht sollte man lieber sagen: »Schneller gedacht zu bekommen.«
Ist es nicht erschreckend festzustellen, dass wir in einer Zeit angekommen sind, in der unsere Gedanken bereits zu langsam geworden sind? Wir sind so weit davon entfernt, die komplexen Prozesse, die in unserem Gehirn vonstattengehen zu begreifen und erklä-

ren zu können, mustern unseren biologischen Prozessor bereits aus und sind auf der Suche nach einem besseren »Gerät«.

Weder wissen wir, wo wir herkommen, geschweige denn wissen wir, wo wir hingehen und wofür wir bestimmt sind. Der Evolution jedoch das Handwerk zu lehren, das trauen wir uns selbstverständlich zu. Besessen vom Geschwindigkeitsrausch, innerhalb dessen alles zu langsam von Statten geht, muss Beschleunigung her. Was wir denken scheint völlig gleichgültig geworden zu sein. Entscheidend ist, wie schnell wir denken.

Ich selbst liebe die Langsamkeit. Werde ich zur Beschleunigung gezwungen, leidet meine Seele. Vielleicht bin ich nicht der einzige Mensch, dem es so ergeht. Wir nutzen technischen Fortschritt für alles Erdenkliche aber nicht zur Reduzierung der Geschwindigkeit, wobei im Grunde genommen nur dies ein tatsächlicher Fortschritt wäre.

Über Alkohol

Möglicherweise wird dies zu einem der intimsten Kapitel, die ich bislang geschrieben habe. Es drängt mich jedoch innerlich auch zum Thema Alkohol einmal Stellung zu beziehen. Ich bin mit Alkohol aufgewachsen. Mich hat der Alkohol stets umgeben. Der Alkohol ist das selbstverständlichste Arschloch, welches sich ungefragt in meinen Dunstkreis integriert hat. Ich möchte niemandem außer mir selbst die Schuld geben für das Verhältnis, welches wir heute miteinander pflegen. Es brauchte mehr als vier Jahrzehnte, um zu erkennen, mit welch einem *universellen Lösungsmittel* ich es beim »Freund Alkohol« zu tun habe. Ich bin mittlerweile der Überzeugung, dass nahezu 70 Prozent unserer Mitmenschen, sofern sie denn einmal reflektiert in sich hineinhorchen und sich diesem Thema kritisch widmen, zu der Erkenntnis kommen, dass sie zu oft mit diesem verlogenen und charakterlosen Dreckschwein im Dialog sind. Streng genommen handelt es sich hierbei gar nicht um einen Dialog, denn wenn der Weingeist sich erst einmal in unserem Hirn angereichert hat, übernimmt er das Regiment, macht uns zu Marionetten seines respektlosen und lieblosen Wesens. Er trennt hierbei jegliche spirituelle Konnektivität zu unserem kosmischen Bewusstsein ab und reduziert uns auf barbarische, stumpfsinnige und asoziale Kreaturen, die bevor sie sich selbst vernichten, erst einmal ihr gesamtes Umfeld in Mitleidenschaft ziehen müssen, hierbei wehleidig auf Verständnis pochen und dabei völlig selbstverständlich die Lebensqualität der fürsorglich umgebenden Mitmenschen auf ein Minimum reduzieren. Ich werde mir jetzt ein Bier öffnen. Prosit! »Prosit« ist lateinisch und bedeutet übersetzt »Es möge nützen«. Jedes Mal, da wir uns feierlich zuprosten und mit einem *Gläschen* anstoßen, belügen wir uns auf fatale Weise selbst. Es wird keinerlei Nutzen daraus für uns entstehen. Vielleicht betäuben wir temporär nur unsere Sinne, um uns einen verschrobenen Blickwinkel auf Dinge zu leisten, der uns für einen Augenblick vergessen lässt und unsere Probleme und Konflikte in einem anderen Licht darstellt. Sollte ich meinen letzten Satz unglücklicherweise mit dem Wort »vielleicht« begonnen haben, so können sie dieses Wort getrost streichen.

In meinem Leben habe ich -in meinen jungen Sturm- und Drang Zeiten- eine vielfältige Auswahl an *Drogen* konsumieren und kennenlernen dürfen. Ich unterscheide sehr strikt zwischen synthetischen (z.b. Amphetamine), natürlichen (z.b. Cannabiszubereitungen) und halbnatürlichen (z.b. Kokain) Drogen. Nimmt man die Bezeichnung *Droge* beim Wort, so dürften im Grunde genommen ausschließlich getrocknete Pflanzenteile so bezeichnet werden und eine Droge wäre stets natürlichen Ursprungs. Gesellschaftlich ist dieser Begriff negativ behaftet und dies leider zu Unrecht. Der Alkohol nimmt hierbei eine Sonderstellung ein. Er entsteht unter natürlichen Gärungsprozessen aus dem Zerfall biologischer Grundstoffe und der Umwandlung von Glukose. Ein arg verschachteltes Kohlehydratmolekül, Liebhaber dürften ihn auch als komplexes Polysacharid würdigen. Keinesfalls verdient hat er es, als *Droge* bezeichnet zu werden, denn dieses Prädikat wäre eine Verunglimpfung wundervoller Gaben der Natur, wie beispielsweise Melisse, Baldrian, Minze, Johanniskraut, Cannabis, Passionsblume, Opiummohn und etliche andere es sind. Über *synthetische Drogen* möchte ich mich ausschweigen und nur als Randnotiz anmerken, dass ich sie als den letzten Dreck empfinde. *Pervitin*, der Markenname des heute als *Speed* gehandelten Amphetamins wurde bereits zur Zeit des zweiten Weltkrieges deutschen Piloten verordnet und machte sie zu ausgezeichneten Kamikazefliegern. Ein charmanter Rauschzustand muss das gewesen sein. Zurück zum Alkohol.

Als Sohn gastronomischer Eltern, habe ich die Existenz alkoholischer Getränke als etwas sehr Natürliches kennengelernt. Selbstverständlich wurde dort zu den üblichen Knoppers-Zeiten auch gerne einmal eine Flasche »Fürst von Metternich« geköpft. Das Bier zum Mittagstisch entwickelte sich zum Suppenersatz. Der Weinbrand danach, das konnte ich sicherlich seinerzeit nicht verstehen, diente der Verdauung. Woher sollte ich wissen, dass dies später einmal ein Thema von solcher Bedeutung werden würde? Blicke ich mit meinem heutigen Verständnis auf die Ereignisse der damaligen Zeit zurück, so erkenne ich sehr deutlich den Einfluss auf das menschliche Wesen, den Freund Alkohol sich zu nehmen erlaubt. Besonders großzügig breitet er sich aus, wenn es um die Bewältigung von Konflikten geht, zu denen es ohne seinen Einfluss vermutlich überhaupt nicht gekommen wäre. Aus den Tiefen des Sprachzentrums zaubert er ein unreflektiertes Vokabular ans Tageslicht, welches in den schmutzigsten aller Schubladen eingelagert ist, stets fernab jeglicher Sachgrundlagen und immer mit dem Ziel versehen, den Menschen im Wettkampf um bestmögliche Beleidigung auf dem

Siegertreppchen stehen zu lassen. Reichen die zur Verfügung stehenden Worte hierbei nicht mehr aus, so weitet sich der Kampf aus und nutzt die Möglichkeit zur Handgreiflichkeit, die sich nicht nur auf Gegenstände auswirken kann, sondern auch vor dem Blutvergießen keinen Halt macht.

Mein Bier ist leer. Ich gehe rasch zum Kühlschrank, um mir ein frisches Getränk zu holen.

Dem Alkohol sei folgendes zur Last gelegt: Im Idealfall macht sein übermäßiger Konsum grundlos selbstherrisch, führt zu übersteigertem Selbstwertgefühl oder aber er macht dich zu einem theatralischen angepissten Pudel, der in gnadenlosem Selbstmitleid zu ertrinken droht. Oder aber, er macht dich zu einem lächerlichen grölenden Wesen, welches in vollgepinkelten Hosen plötzlich zu Schlagermelodien tanzt und ernsthaft glaubt, diese wohlintoniert gesanglich zu begleiten. In Summe, so man ihm eine grundlegende charakteristische Eigenschaft zuteilen will, darf man wohl zusammenfassend sagen: Alkohol macht dumm. Niemals habe ich betrunkene Menschen in geselliger Runde philosophisch diskutierend an einem Tisch sitzen sehen. Ich selbst habe in meinem ganzen Leben unter Alkoholeinfluss kein einziges wirklich anspruchsvolles Gespräch geführt, welches mir zu einer geistigen Bereicherung gedient hätte. Ich nehme dem Alkohol zudem sehr übel, dass er mich zum Nikotin verführt hat und zu einem Tabakraucher gemacht hat. Er ist eine verfluchte Einstiegsdroge, *liebe* CDU-Politiker. Aber da ihr ja konservativ seid, ist mit sachlicher Argumentation bei euch ohnehin nichts zu erreichen. Deshalb: Buch zuklappen, Zähne putzen, Pipi machen, Schlafanzug an und ab ins Bett. Alle anderen dürfen gerne weiterlesen. Jetzt hauche ich diesem Kapitel verpflichtend noch ein wenig postfaktischen Inhalt ein: Stelle ich mir die Frage, wie ein Staat es zulassen kann, dass eine solch gefährliche Substanz wie der Alkohol in nahezu allen *Lebensmittelgeschäften*, sowie auch 24-Stunden-Geschäften (z.B. Tankstellen) in sämtlichen Geschmacksrichtungen und Stärken praktisch unbegrenzt zur Verfügung gestellt wird? Wie kann es sein, dass es *dem Menschen* nicht nur verdächtig einfach, sondern auch äußerst attraktiv ermöglicht wird, jederzeit Geist und Seele höchst wirkungsvoll zu vergiften und seinem Körper irreparable Schäden zuzufügen? Meine Theorie hierzu hält eine recht *trockene* Antwort bereit. Der Staat muss ein regelrechtes Interesse daran haben, große Teile seines Volkes *dumm* zu halten. Natürlich werden ab einem Blutalkoholwert von 1,8 Promille die eindrucksvollsten Stammtischparolen herausgehauen, die jedoch wie Seifenblasen in sich selbst kollabieren, da sie inhaltlos und mitnichten durchdacht sind. Im Idealfall reicht das Erinnerungsvermögen am Folgetag nachwirkungsbedingt nicht mehr dazu aus, zu rekonstruieren, welch großartige und welterschütternde Thesen man am Vorabend hervorgebracht hat. Der flüchtige und verflogene Augenblick hat es nicht schaffen können, eine konstruktive Kritik zur Welt zu bringen. Ohne Verdacht zu laufen, an dieser Stelle für bewusstseinserweiternde Substanzen werben zu wollen, möchte ich dennoch anmerken, dass sich *erfahrene Kiffer* gerne in geselliger Runde zusammensetzen und hierbei in geistig entspannter Atmosphäre zu wahren Philosophen entfalten, tiefgreifende Dialoge führen, kreative Ideen entwickeln und im höchsten Maße Dinge kritisch betrachten und diese sogar sorgfältig artikuliert zur Sprache bringen. Das *Allerschlimmste* hierbei ist es jedoch, dass auch nach Abklingen des *Höhenfluges* die geistigen Ergüsse noch in Erinnerung sind und sich verwenden und umsetzen lassen. Dies kann von einem Staat nicht gewollt sein. Hiervon geht höchste Gefahr aus. Ich bin mir natürlich auch der Tatsache bewusst, dass sich eine Prohibition des Alkohols praktisch in keiner Weise umsetzen würde. Zum einen würde ein konsequentes Verbot, verbunden mit einer Nichtverfügbarkeit prozentiger Getränke, zutage bringen, wie viele Menschen in unserer Gesellschaft bereits Opfer ihrer Alkoholsucht sind (dies sind Menschen, wie Du und ich, die täglich ihren Job machen und denen man es niemals ernsthaft zugetraut hätte), zum Anderen gingen dem Staate gewaltige Steuereinnahmen verloren und schlussendlich bin ich auch davon überzeugt, dass ein Alkoholverbot einen Volksaufstand zur Folge haben würde. Um diesem Dilemma Paroli zu bieten, ist es ratsam, dem Volk zu ermöglichen, sich weiterhin sinnlos zu besaufen. Vermutlich basiert dies auch auf einer Mischkalkulation, in der die finanziellen (gemeint: gesundheitlichen) Schäden durch Alkoholkonsum denen gegenübergestellt sind, die eine Prohibition verursachen würde. Nicht wirklich anders verhält es sich meiner Meinung nach auch mit dem Tabak. Aber dies würde an dieser Stelle zu weit führen. Ich wurde recht früh ein guter Staatsbürger. Oftmals wundere ich mich darüber, dass ich nach alledem, was ich meinem Körper zugunsten meines Heimatlandes angetan habe heute noch lebe. Nicht minder wundert sich sicherlich mein Heimatland. In jungen Jahren, hierbei denke ich in etwa an mein vierzehntes Lebensjahr, stellte ich fest, dass ich sehr viel Aufmerksamkeit bekam, wenn ich eine Flasche Bier trank. Da ich als heranwachsender Jüngling recht wortgewandt und witzreich daherkam, hatte ich eine Möglichkeit gefunden, diese Fähigkeiten nach dem Genuss einer einzigen Flasche Bier um ein Vielfaches zu steigern. Mit gesteigertem Selbstwert- und Sicherheitsgefühl war ich imstande Pointen wie aus der Pistole geschossen zum Vorschein zu bringen und die Gesellschaft in Verzückung zu versetzen. Es schien, als weckte der Alkohol in mir verborgene Talente und machte mich zu einem vollwertigen Mitglied unter Artgenossen. Es entwickelte sich zu einer Garantie, dass die Party ein voller Erfolg werden würde, wenn man mir eine Flasche Bier gäbe. Ich fühlte mich in jeder Hinsicht positiv verstärkt. Vielleicht zeichne ich gerade ein etwas klischeehaftes Bild einer beginnenden erfolgreichen Trinkerkarriere, jedoch sehe ich es an diesem Punkt derzeit wirklich nicht ein, die Tatsachen hierzu im postfaktischen Sinne zu verbiegen. Am Treffpunkt auf dem Marktplatz bei den Punks etablierte sich kurz darauf das sogenannte *Dosenstechen*. Pfui, wer dabei an pubertäre Sexspielchen denkt. Wir kauften palettenweise günstiges Hansa-Export-Bier in 0,33 l Dosen beim Plus. Fünfunddreißig Pfennig je Dose. Nun galt es, mit dem Taschenmesser oder einem stabilen Kugelschreiber ein kleines Loch am unteren Ende der verschlossenen Dose zu bohren. Sowie dies fertig war, umschloss man das Loch mit dem Mund und versuchte ein möglichst stabiles Vakuum in die Dose zu saugen. Hatte man ein Maximum an Unterdruck erzeugt, so war meist ein Kumpel behilflich, nun den regulären Dosenverschluss zu öffnen, wodurch sich der Inhalt schlagartig in den Mund ergoss, mit dem Ziel, das Trinkgut in kürzester Zeit *auf ex* hinunterzuwürgen. Hierbei wurde selbstverständlich die Zeit gestoppt und mein Rekord lag bei stattlichen drei Sekunden. Das sorgte für Anerkennung und Lob. So wurden Helden geboren. Das schönste hieran, es war alles ein Riesenspaß, ohne ernsten Hintergrund. Ein junger Körper steckt das mit Leichtigkeit weg. Meinen ersten totalen Vollrausch mit Filmriss erlebte ich auf einem Polterabend in Brüggen-Bracht, nahe der alten Ziegelei, in der Teile des Films »Die Vorstadtkrokodile« gedreht wurden. Bei dieser festlichen Veranstaltung bereicherte ich mein Hirn tüchtig mit Feinschmecker-Spezialitäten wie *Küstennebel* und *Appelkorn*. Das Letzte woran ich mich bewusst erinnern kann ist, dass ich zielstrebig vorwärtsgehen wollte, aber scheinbar den Rückwärtsgang eingelegt hatte, aus dem ich mich nicht mehr befreien konnte. Erst als es schon hell geworden war und der junge Tag angebrochen war, erwachte ich in einem Kornfeld und hatte die Nacht in meiner eigenen –so hoffe ich jedenfalls- Kotze verbracht. Einige Meter weiter erschallte noch Musik, was mich darauf schließen ließ, dass die Party noch in vollem Gange war. Und so war es auch. Man empfing mich mit tosendem Applaus herzlich willkommen zurück und versicherte mir, dass es in diesem Zustand das Allerbeste wäre strikt weiter zu saufen. Dies sind sicherlich Geschichten, die fast jeder einmal schon erlebt hat und natürlich darf man solche Ereignisse auch als Jugendsünden für sich abhaken und muss sie nicht überdramatisieren, sofern es einem Menschen gelingt, in seiner weiteren Entwicklung den rechten Weg einzuschlagen. Da ich jedoch relativ früh – noch vor dem Abitur- meine erste eigene Wohnung bezog, weil es meine Mutter fortzog in die Welt und ich nicht erneut das Gymnasium wechseln wollte, entstand in meinem Heimatstädtchen etwas wie eine *zentrale Partylocation*, die vierundzwanzig Stunden am Tag, sieben Tage die Woche für jedermann und jederfrau zur Verfügung stand. (Hierzu möchte ich an dieser Stelle nicht allzu intensiv eingehen, da dies bereits der Stoff für ein weiteres Buch sein wird). Es sollte jedoch deutlich sein, dass der Alkohol hier in Strömen floss. Mittlerweile war auch in meinem Kreis ein probates Mittel bekannt, welches mir auf die Beine half und mich zügelte, wenn ich einen meiner unzähligen Ausraster bekam.»Gib dem erstmal was zu saufen, damit der zur Ruhe kommt« hieß es da für gewöhnlich. Logisch, solange man mich unter Kontrolle hatte und ich gefügig war, stand meine Hütte schließlich offen. Die meisten anderen Leute in meinem Dunstkreis schienen ohnehin kein eigenes zu Hause mehr zu haben und waren praktisch Mitbewohner. Alkoholisch gut eingeschult absolvierte ich nach dem Abitur meinen Zivildienst im Krankenhaus und man glaubt es kaum, das Pflegepersonal erwies sich als feierfreudig und trinkfest. Irgendwie musste man ja auch die Möglichkeit haben, diese Bilder täglich dahinsiechender Patienten und der ganzen Leichen zu vergessen. Wir waren noch nicht in dem Alter sterben zu müssen und im Kopf musste Platz geschaffen werden für Lebensfreude. Ganze zehn Jahre war ich schlussendlich in der Krankenpflege tätig. Ich musste mich über Wasser halten. Aus dem angestrebten Studium der Elektrotechnik, der Pharmazie und der Medizin wurde nun einmal nichts. Verschwende Deine Jugend. Jawohl, ich habe es getan, weit bis ins Erwachsenenalter hinein. Nein, das ist kein Selbstmitleid. Mitnichten. Und ich möchte heutzutage auch gar kein anderer Mensch sein als der, der aus mir geworden ist. Vielleicht möchte ich die Zeit anhalten im *Jetzt* und noch nicht so stramm in Richtung *Fünfzig* blicken. Aber wer möchte das in meinem Alter schließlich nicht? Ja und Hand aufs Herz: Ich trinke auch heutzutage noch zu viel Alkohol. Jedoch hat sich meine Sicht auf ihn verändert. Ich erkenne, dass er mein Wesen im Zustand des Rausches auf widerliche Weise verändert. Den Applaus hierzu gibt es schon lange nicht mehr. Längst hat mich der Alkohol durch tiefe Phasen der Depressionen und Panikattacken getrieben und so gönne ich mir Zeiten der totalen Enthaltsamkeit und bin stolz auf jeden Tag, den ich ohne Alkohol verbringen darf. Der Rausch der Nüchternheit hat für mich mittlerweile etwas Absolutes erreicht. Kein Zustand ist vergleichbar mit dieser Freiheit und der damit verbundenen geistigen Klarheit. So werde ich denn auch meine Arbeit zu diesem kleinen Aufsatz erneut für mich nutzen, eine längere Abstinenz einzulegen. Das erhöht den Schreibfluss; das steigert die Kreativität, es verführt mich dazu, meine Laufschuhe anzuziehen und zehn Kilometer durch den Wald oder am Rhein entlang zu laufen. Es lässt mich lächeln und in mir ruhen, wenn hässliche Menschen Einfluss auf meinen Arbeitsalltag nehmen. Es vermittelt mir das Gefühl, womöglich hundert Jahre alt werden zu können. Es lässt mich nett zu meinen Mitmenschen sein.

Es bringt mich dazu, nicht zu verzweifeln an dem, was in der Weltgeschichte vor sich geht. Es bringt mich dazu, Lösungen für Herausforderungen zu finden und es lässt mich Situationen und Lebenslagen entspannt betrachten, die ich mit Alkohol als unüberwindbares Problem angesehen hätte. So einfach ist es nämlich unter dem Strich: Der Alkohol löst keine Probleme, er schafft sie. Manchmal sind es absolute Banalitäten, die von solcher Selbstverständlichkeit sind, derer wir uns aber immer wieder auf's neue Bewusst werden müssen, um unser Leben in eine ordentliche Bahn zu lenken. Und sei es nur für ein paar Tage, denn diese sind es allemal wert. Ich möchte jedem *leidenschaftlichen* Trinker ans Herz legen, einmal ein zünftiges Saufgelage zu besuchen und beim Mineralwasser zu bleiben, während man die Gesellschafft und ihr Verhalten beobachtet und analysiert. Wenn man sich dann vor Augen hält, für gewöhnlich ein Teil dessen zu sein, gelangt man zu einer ungeheuren Einsicht. Im Idealfall empfindet man Ekel. Mein Bier ist leer und dieses Kapitel zu Ende.

Über soziale Netzwerke

Recht zu Beginn dieses Werkes habe ich behauptet, ein Verfechter und »Liebhaber« sozialer Netzwerke zu sein. Selbstverständlich handelte es sich hierbei um eine alternative Wahrheit, weshalb ich mir an dieser Stelle erlauben darf, nun das konkrete Gegenteil als Fakt darzustellen. Vielleicht ahnen Sie es bereits: Ich verabscheue soziale Netzwerke. Ich empfinde sie als zutiefst asozial und dadurch tragen sie ihre Bezeichnung zu Unrecht. *Ich wette neunundneunzig Prozent aller, die das hier lesen, trauen sich nicht dies zu teilen.* Und wozu auch? Ist es nicht schön zu wissen, dass man sich in einem Netzwerk befindet, innerhalb dessen man mit sehr hoher Wahrscheinlichkeit für einen feigen Idioten gehalten wird, der nicht den Arsch in der Hose hat, schlecht gemachte und sinnentleerte Statements ohne Hand und Fuß inflationär in die digitale Welt hinauszutragen? Ist es nicht wunderbar in einer Zeit zu leben, in der jeder noch so unausgegorene Spruch auf ein kitschiges Bild platziert automatisch Wahrheitsstatus erlangt? Es gibt in der Tat Menschen, die etwas für wahr halten, sobald es nur irgendwo schriftlich fixiert wurde.

»Ja sag mal, wo hast du denn diesen Unsinn her?«

»Wieso Unsinn? Das hab' ich gelesen!«

»Ja und wo hast du das gelesen?«

»Im Internet!«

Somit ist der Wahrheitsbeweis erbracht. Jedoch möchte ich in meinem kleinen Aufsatz über die sozialen Netzwerke nicht intensiv auf den Wahrheitsgehalt eingehen, der hier zu erwarten ist, zumal ich inhaltlich ohnehin mit Wahrheiten geizen möchte, auch wenn es sich leider nicht ganz vermeiden lässt, dass mir hier und da möglicherweise eine kleine Teilwahrheit herausrutscht.

Es mag nun etwa neun Jahre her sein, dass ich einem sozialen Netzwerk beigetreten bin. Seinerzeit faszinierte mich die Möglichkeit, meinen kleinen sozialen Kreis von zu Hause aus »im Griff« zu haben, ohne mich hierzu auf irgendeine Weise bewegen zu müssen. Darüber hinaus hatte es mich hinausgezogen in die große Stadt und hier war ich alleine und einsam. Nach getaner Arbeit reichte ein üppig mit Bier gefüllter Kühlschrank aus, um über Facebook (ich nenne es nun einfach beim Namen) einen ekstatisch ausufernden Partyabend zu verbringen. Im Vergleich zu einer realen Party muss man sich hierbei nicht am Folgetag von mitfeiernden Anwesenden erzählen lassen, welche Unsinnigkeiten und Beleidigungen man kurz vor seinem Filmriss noch zum Besten gegeben hatte, nein – man kann sie einfach noch einmal nachlesen und bestenfalls hoffen, dass sie noch nicht kommentiert waren, um sie dann höchst unauffällig wieder zu löschen. Es ist selbstverständlich, dass dies nicht immer gelingen kann und somit freut man sich sicherlich von Zeit zu Zeit auch auf Kandidaten zu treffen, denen es ebenso professionell gelungen ist, in der Öffentlichkeit die Hosen zu lassen. Ehe ich mich übrigens versehen hatte, war Facebook zu einem festen Bestandteil meines Lebens geworden. Ein Leben, in dem ich freudestrahlend meinen Freunden mitteilte, dass ich mir soeben eine Gurke gekauft hatte, einen Fingernagel eingerissen hatte, zu herzhaftem Aufstoßen neigte, die Fische im Aquarium laichten, die Welt unterging – in einem Satz: alles was mein karges Leben (sofern man es als Leben bezeichnen möchte) so aufregendes ausspuckte. Selbstverständlich wurde jedes noch so kleine Ereignis von mir im Netzwerk festgehalten mit dem Ziel, den eigenen Alltag lückenlos zu dokumentieren. Natürlich ging ich immer davon aus, dass all dies von allerhöchstem Interesse meiner Leser wäre und glaubte oft, dass deren Leben wohl nur darin bestehen würde, ganztägig vor Facebook zu hocken und sehnsüchtig zu erwarten, dass von mir ein Lebenszeichen käme, welches sie dann sofort mit einem »Gefällt mir« versehen und mir in einem weitergehenden Kommentar mitteilten, was für ein tolles Leben ich hätte und wie witzig meine Beiträge doch wären und, dass ich durch meine Mitteilungen ihren Alltag erheitern würde. Heute weiß ich, dass eines der grundlegenden Probleme der sozialen Netzwerke jenes ist, dass fast alle regen Beitragsverfasser so denken. Und bleiben die »Likes« einmal aus, wenn sich der Unmut oder der Frust über ausbleibende Aufmerksamkeit der anderen einstellt, dann gibt es immer noch die Möglichkeit, jemanden *einzuladen, um seine eigene Seite mit* »*gefällt mir« zu markieren!* Kann sich wohl irgendjemand daran erinnern jemals Freunde, Verwandte, Bekannte oder Kollegen zu sich nach Hause eingeladen zu haben und der Einladung die Aufforderung mitgegeben zu haben, man möge doch bitte mitteilen, wie schön man es zu Hause habe? Was früher (ich glaube ich liebe das Wort *früher*) als Aufmerksamkeit, Anerkennung und Lob unerwartet für Freude sorgte, wird heute einladend eingefordert und zwar als Selbstverständlichkeit. Es bleibt die Frage zu klären, welchen Wert eine derart eingeforderte Schätzung tatsächlich hat. Es mag sein, dass für viele Individuen die Anzahl der dargestellten »Likes« ähnlich wie die Anzahl der dargestellten »Freunde« von Bedeutung ist. Neueren psychologischen Untersuchungen zufolge (wie immer ohne Quellenangabe) ist der Mensch von seiner Disposition her ausgestattet etwa 150 Bekanntschaften inclusive Freunde zu verwalten. Handelt es sich demnach bei Personen, die 1500-5000 gesammelte Freunde bei Facebook horten um Genies oder oberflächliche Tiefflieger? Einer meiner zeitlich längsten Freunde (Real-Leben-Freund), der an einer chronischen Form von überhöhtem Anerkennungsbedürfnis leidet, glaubte mit seiner Entdeckung von Facebook nun eine Präsentationsbühne gefunden zu haben und versah seinen gesamten Alltag zunehmend damit, völlig unreflektierte und inhaltlich teils bedenkliche Beiträge in die Öffentlichkeit zu bringen. Dies ging sogar soweit, dass er als selbstständiger Gastronom wutentbrannt und sogar beleidigend auf seine potenzielle Kundschaft eindrosch und sich darüber wunderte, dass er keine positiven Rückmeldungen erhielt und seine Örtlichkeit sich nicht mit Menschen füllte. Auch er verfügt über etwa zweitausenddreihundert Freunde, zu denen ich mich im Übrigen zumindest in der digitalen Statistik nicht mehr zähle. Unsere Freundschaft hat durch Facebook Schaden erlitten. Und dies nach dreißig Jahren Freundschaft. Auch solche Begebenheiten sind das Ergebnis außer Kontrolle geratener Nutzung sozialer Medien. Es drängt sich mir die Frage auf, welchen Wert der Begriff der *Freundschaft* heute noch einnimmt. Ich muss zugeben, dass ich es nicht wirklich zu vielen Freundschaften im Leben gebracht habe, jedoch sind jene, die entstanden sind für mich persönlich von unschätzbarem Wert und kennzeichnen sich insbesondere durch ihre Belastbarkeit und Beständigkeit auch bei längerem Ausbleiben von persönlichem vor-Ort-Kontakt. In der sozialen digitalen Welt entscheiden Bruchteile von Sekunden darüber, ob eine Freundschaft bestehen bleibt oder aufgegeben wird, wenngleich ich auch hierbei Vorsicht walten lassen würde, da ein plötzliches Entfernen aus der Freundschaftsliste auch ein Hilferuf darstellen kann, den es gilt wahrzunehmen. Versäumt man dies, so könnte einem in der Folge durchaus der Vorwurf gemacht werden, dass man ohnehin kein rechter Freund sei, da das Entfernen nicht zur Kenntnis genommen wurde. An dieser Stelle wird bereits sehr deutlich, dass eine Einrichtung, die für den Anwender unter dem Vorwand der Freundschaftspflege geschaffen wurde in hohem Maße dazu beiträgt, Freundschaften zu verkomplizieren und ihnen Schaden zuzufügen. Möglicherweise wird es insbesondere Facebook jedoch gelingen in der näheren Zukunft hier korrigierend einzuwirken und den zu erwartenden Schaden an Freundschaften auf ein Minimum zu reduzieren. Was mich zu dieser Annahme kommen lässt, ist eine Information, die mich am 4. April 2017 erreichte. Darin ließ Facebook verlauten, dass man an einem Algorithmus arbeite, der es ermöglichen soll die Gedanken der Anwender zu lesen. Sollte diese Technik Marktreife erlangen, so könnten zugunsten des Anwenders möglicherweise Warnungen auf dem Bildschirm angezeigt werden, die darauf hinweisen, dass mit seinem geplanten nächsten Beitrag einer Freundschaft potentiell Schaden zugefügt werden könnte. Ebenso wäre vielleicht auch ein Warnhinweis möglich, dass ein Beitrag auch nur dann verfasst werden kann, wenn der Ersteller sich zuvor tatsächlich Gedanken gemacht hat! Gemessen an der heutigen Beitragsflut könnte Facebook hiermit auch ein sehr stiller Ort werden, an den man sich gerne zur Erholung vom Alltag zurückziehen kann. Eine Oase der Ruhe sozusagen. Schluss auch mit zeitaufwändigen und nervenzerreibenden Persönlichkeitstest aus der Kategorie »Welche geometrische Figur ist Dir am ähnlichsten« oder »Welches Wurzelgemüse beschreibt Dich am besten«; die gedankenlesende Plattform kann anhand der gemessenen geistigen Ergüsse jederzeit ein aktualisiertes und detailliertes Persönlichkeitsprofil in allen Kategorien erstellen und mögliche Veränderungen den eigenen Freunden in einem Newsticker zur Verfügung stellen: +++ *Max Mustermann denkt er sei Schmierseife*+++.Ich freue mich bereits im Vorfeld über die Möglichkeit in einer zukünftig weiterentwickelten Version der Gedankenspähsoftware, die eigenen Träume direkt als Videoclip hochladen zu können. Wenn die Freiheit der Gedanken bereits die ersten Kratzer erlangt, ist es um die Freiheit unserer Träume ebenso schlecht bestellt. Mit dem Wissen um unser Unterbewusstsein dürfte die Zielgruppengenauigkeit platzierter Werbeanzeigen von unschlagbarer Präzision werden.

So schön sie zu Beginn gewesen sein mag – die Zeit, in der die sozialen Netzwerke ihre Geburtsstunde erlebten und es neue Medien zu erkunden gab, so sehr wünsche ich mir heute doch oft eine Zeit herbei, in der wir auch menschlich wieder näher zusammenrücken und unser soziales Miteinander Auge in Auge gestalten. Wie frustrierend habe ich persönlich mit meinem Hang zur Nostalgie alter Tage meinen Versuch erleben müssen, eine alte Truppe der *Raucherecke* aus der Gymnasialzeit zu einem feucht-fröhlichen »Revival-Treffen« zusammenbringen zu wollen. Selbstverständlich mit Dosenbier, Kippen und Ghettoblaster am Originalort, mit anschließender Kneipentour zu den ursprünglichen Lokalitäten damaliger Zeiten. So ließen sich schlussendlich ganze fünf Personen von etwa dreißig geladenen Gästen dazu bewegen, tatsächlich zu erscheinen. Natürlich war auch dies ein herzliches Ereignis. Wenn ich jedoch bedenke, dass wir heute über Mittel wie eben der sozialen Netzwerke verfügen, mit deren Hilfe es ein Leichtes ist, Menschen ausfindig zu machen, zusammenzubringen und reale Treffen zu vereinbaren, dann ist es umso bedauerlicher festzustellen, wie unbeweglich und wenig begeisterungsfähig Menschen durch die Digitalisierung geworden sind. Vermutlich verbirgt sich dahinter die Gewissheit, dass man ja ohnehin jederzeit wieder ein Treffen vereinbaren könnte, da man schließlich digital verbunden ist und sich nicht aus den Augen verliert. So vergessen wir, dass eine beschleunigte Zeit nicht gleichsam bedeutet, dass wir ewig leben würden und es bewahrheitet sich ein altbackener Spruch der da lautet:»so jung kommen wir nie wieder zueinander.« Zu einer kleinen Gewohnheit habe ich es für mich werden lassen, jeweils zu Beginn meines Urlaubes für mindestens eine Woche das Smartphone auszuschalten und mich aus sozialen Netzwerken zurückzuhalten. Immer wieder verblüfft es mich bei meiner Rückkehr vor Augen geführt zu bekommen, wie wenig Information von Bedeutung mir während meiner

Abwesenheit verborgen blieb. Ganz besonders bewusst wird mir dann auch, wieviel kostbare Lebenszeit über die Jahre im digitalen Nichts verlorengegangen ist. Geradezu wehmütig wird mir dann ums Herz bei dem Gedanken, vielleicht einmal wieder ein echtes Fotoalbum in physischer Form anzulegen und dieses beim Aufeinandertreffen mit Freunden hervorzuholen und anzusehen. So ein Album mit echten Fotos, komplett ohne Foodporn und Katzenmotiven. Ob ich hierfür wohl jemanden begeistern könnte?

Über Viren

Nein. Dieses Kapitel befasst sich keinesfalls mit menschengemachten digitalen Schädlingen, die unsere überlebenswichtige elektronische Infrastruktur befallen. Vordergründig möchte ich meine Gedanken zu jenen Objekten zu Papier bringen, denen es auf unterschiedlichste Weise gelingt, sich Zugang zu unserem Organismus zu verschaffen, um dort einem scheinbar sinnbefreiten Treiben nachzugehen. Dass ich sie zuvor als »Objekt« bezeichnet habe, lässt bereits ahnen, dass mich eine gewisse Begriffsstutzigkeit befällt in meiner Bemühung darum, diese seltsamen Gebilde einzuordnen. Aus dem lateinischen übersetzt bedeutet Virus in etwa »Schleim«, »Saft« oder »Gift«. Einzig den Saft mag man bei diesen Möglichkeiten mit etwas Positivem in Verbindung bringen.

Vor einigen Jahren führte ich mit meiner Partnerin eine angeregte Diskussion über die Evolution unter der Einflussnahme einer höheren (religiöse Menschen würden »göttlichen« sagen) Instanz und deren Möglichkeiten, die Entwicklung allen Lebens voranzutreiben. Während der Unterhaltung wurde den Viren als Werkzeug eine Bedeutung zugemessen. Dies schicke ich an dieser Stelle schon einmal informativ voraus, um dieser Abhandlung hier einen Charakter zu verleihen, der dem Titel des Buches würdig erscheint. Darüber hinaus ist es durchaus legitim zu dieser Angelegenheit wüste Theorien aufzustellen, da es eine Tatsache ist, dass es bis heute keinerlei wissenschaftliche Erklärung dafür gibt, welchen Ursprung Viren haben und welchen Zweck ihre Existenz erfüllt. Lediglich drei müde Ansätze einer Theorie bestehen, die ich persönlich jedoch als äußerst unbefriedigend ansehe.

Da wäre zunächst einmal die These der sogenannten »Coevolution«, die davon ausgeht, dass Viren aus den primitivsten Molekülen entstanden seien, die in der Lage gewesen seien, sich selbst zu verdoppeln und dabei selbst zu »verpacken«. Allein dies wirft bei mir schon die Fragen auf: Warum konnte es sich hierbei nicht um Goldverbindungen handeln, die sich unkontrolliert verdoppeln und sich selbst als Geschenk verpacken? Was sollte einen derartigen Materiefluss auslösen? Das nächste Erklärungsmodell geht von einer »Degeneration« aus. Hierbei sollen Kleinstorganismen wie Bakterien bei der Entstehung von Viren beigetragen haben, indem sie zunehmend eigene Erbinformation abgeworfen haben, was schlussendlich dazu geführt hat, dass sich das verlorengegangene genetische Material, welches nun völlig hilflos durch die Weltgeschichte tingelte, dazu entschieden hat, sich fortan an sogenannte Wirtszellen anzuklemmen, um dort sein Unwesen zu Ungunsten des Wirtes zu betreiben. Die Frage, welche sich in diesem Zusammenhang stellt, ist doch, woher genetischer Verschnitt plötzlich einen Antrieb bezieht, seine erbärmliche Existenz auf diese Weise fortzusetzen. Die dritte Erklärung, welche als die Wahrscheinlichste angesehen wird, wirkt insgesamt sehr mager. Es wird angenommen, dass sich die Viren unmittelbar aus der Wirtszelle und dem darin enthaltenen DNA-Material abgespalten haben, um sich fortan von außen an die Zelle anzudocken. Vom Modell her also in etwa so, wie sich der Freistaat Bayern an die Bundesrepublik Deutschland heftet. Sollte die Evolution die Viren also tatsächlich aus einer Art »Bierlaune« heraus entwickelt haben? Zeigt sich die Wissenschaft in ihrem Bestreben die Welt erklären zu wollen doch sonst so enthusiastisch, so wirkt sie doch dazu bei der Erstellung einer hinreichenden These zur Entstehung der Viren eher lapidar. Möglicherweise ist ihr die Fragestellung – ähnlich wie der zum Sinn des Lebens- auch etwas zuwider, weil es nahezu unmöglich ist, diese ohne Hinzuziehung der Philosophie, wenn nicht erst recht der Phantasie, zu beantworten. Aus diesem Grunde erlaube ich mir, diese fragwürdigen »Geschöpfe« einmal von einer anderen Seite zu betrachten. Vergleicht man die Viren mit anderen Krankheitserregern, so fällt doch gleich ein signifikanter Unterschied auf. Im Vergleich zu Pilzen und Bakterien, gibt es keine für den Menschen (und auch irgendeinen anderen Organismus) »gute« Variante. Während gewisse gute Bakterien für unsere Gesundheit unabdingbar sind und auch einige Pilzkulturen, wie z.b. die Hefe durchaus gesundheitsfördernde Eigenschaften besitzen, bleibt das Virus grundsätzlich böse und schadhaft. Nun darf man ihm jedoch keinerlei böse Absichten unterstellen, da das Virus von seiner Struktur her nichts Anderes ist, als eine leblose Hülle, die mit einer Information gefüllt ist. Nüchtern betrachtet, handelt es sich um einen reinen Datenträger. Verglichen mit einer Compact Disc oder einem USB-Stick, hat das Virus jedoch den »eisernen Willen« sich vermehren zu wollen. Es betreibt keinen Stoffwechsel, es wächst nicht, es bewegt sich nicht von alleine fort. Die einzige Eigenschaft, die bleibt und die sonst nur lebendigen Geschöpfen anhaftet, ist das Streben nach Fortpflanzung. Hiermit nimmt das Virus eine Sonderstellung ein. Weder unser Mobiliar, noch unsere Küchengeräte und sonstigen Haushaltsutensilien oder jedwede toten Gebrauchsgegenstände unseres Alltags kämen je auf die Idee, sich selbst vermehren zu wollen. Das ist schade, aber leider nicht zu ändern. Es darf die Frage erlaubt sein, wozu sich ein Informationsträger des Fortpflanzungstriebes bedient. Ich verzichte bewusst auf die Verwendung des Begriffes »Sexualtrieb«, um mich nicht noch zusätzlich mit dem Lustgewinn toter Materie auseinander setzen zu müssen.

Es soll aber noch absurder werden. Alljährlich wird unser Kontinent von einer Influenza-Welle heimgesucht, mal von stärkerer Ausprägung und mal von harmloserer Intensität. Zwischen zwei Grippewellen nutzen die Viren die Möglichkeit, sich zurückzuziehen, um den Menschen im Folgejahr mit neueren und möglichst heimtückischeren Varianten zu überraschen und zu schwächen. Es reicht diesen arglistigen Gesellen scheinbar nicht aus, unsere Wirtszellen zur eigenen Vermehrung zu vergewaltigen; nein, sie duellieren sich sogar mit unseren Antikörpern. Sie ziehen sich zeitweise zurück, um in groß angelegten Konferenzen über die Mutationen der kommenden Generation zu beraten. Es drängt sich zunehmend der Verdacht auf, dass es sich bei der Interaktion von Viren mit der Umwelt um eine Form ausgeklügelter Kommunikation handeln könnte. Hier schließt sich der Kreis. Vereinfacht ausgedrückt handelt es sich bei Kommunikation um einen wechselseitigen Informationsaustausch zwischen Sender und Empfänger. Somit kommt auch der Begriff der Information erneut ins Spiel, was unter Berücksichtigung der Tatsache, das Virus als Daten- und Informationsträger bezeichnet zu haben, außerordentlich interessant erscheint. Nun ist es jedoch von großer Bedeutung, dass Information vom Empfänger wahrgenommen wird (Künstliche Intelligenz möchte ich bei dieser Betrachtung unberücksichtigt lassen). Wahrnehmung erfordert ihrerseits wiederum das Vorhandensein von Bewusstsein. Wer ist Träger dieses Bewusstseins? Die einzige Annahme, dass sich Mutationen und Variationen der Information durch gelegentliche Kopierfehler in der Wirtszelle vollziehen, erscheint mir etwas zu dünn. So bleibt die Frage zu klären, wer hier mit wem kommuniziert. Wem dient die Kommunikation und welchen Sinn ergibt sie? Warum erfordert die Kommunikation unser Opfer, welches wir durch Krankheit und nicht selten mit dem Tod bezahlen müssen? Besteht gegebenenfalls die Möglichkeit, dass Viren die Aufgabe erfüllen uns zu programmieren? Welchen anderen Zweck könnte dem Prinzip zugrunde liegen, dass unsere Körperzellen mit einer Information gespeist werden, nur damit diese in hoher Anzahl kopiert und weiterverbreitet wird? Stellt die Gruppe der durch ein Virus erkrankten Individuen nicht etwas dar, das mit einem Netzwerk vergleichbar wäre? Es gilt die Vermutung, dass Viren bereits in der sogenannten Ursuppe vorhanden waren. Bestätigt ist dies nicht, aber ein interessanter Ansatz ist es allemal. Es führt mich zu der Annahme, dass der Ursprung aller viralen Gegebenheiten im Kosmos liegt. Wie sollte es anders möglich sein, in einer lebensfeindlichen Umgebung wie dem Universum, Erbinformationen über schier unendliche Strecken auf die Reise zu senden ohne sie dabei in eine Form zu packen, die ohne eigenes und selbstständiges Leben auskommt? Sie tun gut daran zu glauben, dass ich nicht mehr alle Tassen im Schrank habe, denn wenn sie diesen theoretischen Faden weiterspinnen, kommen Sie irgendwann auf den Gedanken, dass wir durch eine überirdische Instanz gelenkt werden. Ich möchte Sie gerne davor bewahren und vermeiden, dass Sie dabei durchdrehen. Andrerseits muss ich Ihnen aber auch mitteilen, dass es einen unglaublichen Spaß macht, die Dinge in dieser Form zu betrachten. Und sollte mich die nächste Grippewelle wieder mit Schüttelfrost und Gliederschmerzen über Tage ans Bett fesseln, wird mich erneut der Gedanke quälen, dass die Drahtzieher der Evolution unbedingt an ihrer Kommunikation arbeiten sollten. Auch wenn es anmaßend erscheint dies vom Mitglied der menschlichen Spezies zu hören, die Ihnen in Sachen schmerzender und leidschaffender Kommunikation in nichts nachsteht. Ich wünsche uns allen »Gute Besserung«.

Über die Bildung

Möglicherweise wiederhole ich mich mit der Aussage, dass es niemals so leicht war, intelligent zu wirken, wie in unserer heutigen Zeit. Vorausgesetzt, dass man es wirklich will und dass man in allen vergangenen Zeiten zu Hause ist. Intelligent zu wirken bedeutet hierbei nicht gleichsam auch über ein hohes Bildungspotenzial zu verfügen. Ebenso mögen Menschen, die über ein hohes theoretisches Wissen verfügen nicht zwangsläufig in der Lage sein, problemlösendes Denken anzuwenden. Ich selbst bin nicht frei von alledem und möchte vermeiden den Eindruck zu erwecken, mich arrogant aus dem Fenster zu lehnen. Man möge es mir aber nachsehen, dass es nah liegt, sich über Bildung in der heutigen Zeit seine Gedanken zu machen, wenn man mit halbwegs offenen Augen durch das Leben geht und das es allemal seine Berechtigung hat, diesem Thema einen kleinen Aufsatz zu widmen. Unter Berücksichtigung der Ergebnisse der Bundestagswahl im Jahre 2017, bei der die AFD es in Deutschland geschafft hat, sich 12,6 % der Stimmen zu sichern, kann man sicherlich nicht, den Rückschluss ziehen, dass sich »unser Land« zunehmend mit *Rechtsintellektuellen* füllt. Wenn wir der allgemeinen Definition der Bildung Glauben schenken, so bezeichnet dieser Begriff die Formung des Menschen in Hinblick auf sein »Menschsein« und somit zu einer Persönlichkeit, die sich durch besondere geistige, physische, soziale und kulturelle Merkmale auszeichnet. Als Merkmal eines hohen Bildungsstandes wird das reflektierte Verhältnis zu sich, zu anderen und zur Welt bezeichnet. Wer nun einem Automatismus gleich ein assoziatives Band zum derzeit amtierenden Präsidenten der vereinigten Staaten von Amerika herstellt, der beweist damit mindestens seinen Sinn für Humor.

Im Zusammenhang mit der Bildung, werden oft drei sogenannte Elementarkompetenzen genannt, welche als Grundpfeiler gelten. Diese sind Wissen, Denken und Kommunikation. Hierbei wird bereits deutlich, dass schon mit nur einer einzigen fehlenden oder defizitären Eigenschaft eines Individuums, dessen Bildungstand nach außen hin fraglich erscheinen wird. Wer lediglich über Wissen verfügt und dies kommuniziert, dürfte sich in der Gesellschaft bald als sehr ungern gesehener und nervenzerreibender Gast wiederfinden. Wer lediglich denkt und bei mangelndem Wissen kommuniziert, läuft Gefahr sich frühzeitig einen Platz in der Psychiatrie zu sichern. Am angenehmsten tritt hierbei noch jener Kandidat auf, der über Wissen verfügt und denkt ohne zu kommunizieren. Ihm wird der Ruf des »seltsamen Typen« anhaften, den alsbald niemand vermissen wird und den man in Einsamkeit verstorben eines Tages durch Zufall mumifiziert an seinem heimischen Schreibtisch vorfinden wird. Bildung verlangt nach einem ausgeglichenen Verhältnis aller Kompetenzen. Interessanterweise glaube ich oftmals auf Gestalten zu treffen, die sich erlauben, gleich auf zwei Kompetenzen verzichten zu können und lediglich kommunizieren. Der hierbei preisgegebene Inhalt, welcher in meiner Wahrnehmung zumeist von Lauten und Wortsalat dominiert wird, will sich mir nicht erschließen und treibt mich oft zur Verzweiflung. Ich will nicht ausschließen, dass dies auch mit mangelnder Kompetenz meinerseits zusammenhängen kann. Persönlich stellt es für mich zum Beispiel stets eine enorme Herausforderung dar, an »Smalltalk« zu partizipieren. Die Vorstellung einen Fahrstuhl mit zwei weiteren Personen zu betreten, um gemeinsam vierzehn Stockwerke in die Höhe zu fahren, während ich mit der fordernden Aussage konfrontiert werde »Ist ja nicht so schön heute, das Wetter…«, lässt mich in Bruchteilen von Sekunden zu einem Felsbrocken erstarren. Genauso verhält es sich, wenn die lieben Arbeitskollegen, die an ihrem Geburtstag freundlicherweise belegte Brötchen oder Kuchen mitbringen und sich das gesamte Kollegium der Abteilung gemeinsam im Büro trifft, um zu gratulieren und gemeinsam dem Leibeswohl zu frönen. Innerhalb der ersten fünf Minuten läuft für gewöhnlich alles glatt. Da werden Glückwünsche ausgesprochen, Hände geschüttelt und unter Umständen mit einem Glas Sekt zugeprostet. Nur wenige Zeiteinheiten später, wenn alle schon mit einem Brötchen versorgt sind, flaut die Kommunikation schleichend ab, bis der Augenblick kommt, in dem völlige Stille herrscht und niemand etwas sagt. Das ist der Zeitpunkt, an dem ich mir eine Falltür wünsche, die es mir ermöglicht, den Ort des Geschehens schlagartig zu verlassen, ohne etwas dafür zu können. Diese Stille hält in der Regel etwa zehn bis fünfzehn Sekunden an. Sekunden, die sich dehnen wie Stunden, bis sich plötzlich ein Kollege dazu verpflichtet fühlt, das Schweigen zu brechen und der Aussage »Also der Kuchen sieht ja phantastisch aus…« dem Gespräch zu neuem Schwung verhelfen will, worauf der Rest der Belegschaft mit einem wohlwollenden »Oh ja, aber wirklich« reagiert.

Hier wird Kommunikation zum Selbstzweck geführt, die keinem Austausch von Informationen dient, sondern lediglich dazu dienen soll, ein Gefühl einer Gemeinschaft herzustellen, die in Wirklichkeit nicht existiert. So sehr mich diese Veranstaltungen abstoßen, sie haben doch ihr Gutes. Es sind die Gelegenheiten ein reflektiertes Verhältnis zu sich und zu anderen zu zeigen und das Kriegsbeil der Konkurrenz und des Neides, welches im Arbeitsleben zuhauf geschwungen wird, einmal kurz ruhen zu lassen, was vermutlich nicht zuletzt darauf zurückzuführen ist, dass das Geburtstagskind uns mit Nahrung versorgt. Zurück zum Thema. Wenn es um Bildung geht, möchte ich drei Faktoren nennen, die meines Erachtens nach Bildung beeinflussen und uns prägen. Nach unserer Geburt befinden wir uns zunächst in der Obhut unseres Elternhauses und der Familie, vorausgesetzt beides existiert. Um den Rahmen meiner Abhandlung nicht übermäßig zu strapazieren, beziehe ich mich ausschließlich auf neugeborenes Leben, dem diese Infrastruktur zur Verfügung steht. Bereits hier gibt es, je nach Ausgangssituation unter Umständen die ersten Probleme. Wir sind schutzlos darauf angewiesen, was uns in den ersten Lebensjahren mit auf den Weg gegeben wird und dem Bildungsstand der Eltern in Hinsicht auf soziale Kompetenz, Lebensweise, Gesundheitsbewusstsein, Sprachgebrauch sowie ihrer Fähigkeit, das eigene Leben zu gestalten und zu organisieren, ausgeliefert. Ich bin der Überzeugung, dass der Zustand der Familie, in die wir hineingeboren werden, einen beachtlichen Einfluss darauf hat, inwieweit wir selbst später zu Individuen werden, die bindungsfähig, verantwortungsvoll und wertschätzend sind. Was meine eigene Person betrifft weiß ich heute, dass ich mit dem Betreten der »freien Welt« zunächst nahezu alles über Bord werfen durfte, was ich bis dahin gelernt hatte. Ein Prozess, der bis heute nicht vollständig abgeschlossen ist. Dies zeichnet sich insbesondere dadurch ab, dass ich bis heute kein Gefühl dafür habe, was »zuhause« bedeutet. Dies erschwert die Aufgabe, ein eben solches aufzubauen enorm. Kaum dass ich sesshaft werde, zieht es mich zumeist wieder hinaus, mit dem dringenden Bedürfnis, etwas Anderes zu finden, was mich bewegt, da ich mich nicht damit abfinden kann, dass der erreichte Zustand das beschreiben soll, was ich als zuhause empfinden könnte. Aus dieser Unstetigkeit resultiert mitnichten ein *reflektiertes Verhältnis zu sich selbst, zu anderen und der Welt.* Halte ich mir jedoch die Geschichten vor Augen, die über die Elternhäuser meiner Eltern berichtet wurden, so darf ich aus heutiger Sicht niemandem etwas zur Last legen oder gar Schuldzuweisungen tätigen. Wer jedoch auf sein eigenes Elternhaus zurückblickt, der mag Erinnerungen erfahren, die ihn direkt an signifikante Ereignisse führen, welchen man geneigt ist Ursachen für Zustände, die man heute als Defizit betrachtet, zuzuordnen. Oft gelangen diese Eindrücke aus dem Archiv des Verdrängten sehr spontan und ohne Vorwarnung an die Oberfläche des Bewusstseins. Mit der daraus folgenden Erkenntnis, dass man es als heutiger Erwachsener anders gestalten will, läuft man wiederum Gefahr etwas falsch zu machen. Es gibt kein allgemeingültiges Konzept, keinen Fahrplan und keine Anleitung einen »perfekten Menschen« heranzuziehen. Dies ist, wenn man nur einen Augenblick darüber nachdenkt, sehr gut so, zumal es die ethische und moralische Frage aufwirft, für welchen Zwecke ein optimierter Mensch geschaffen sein sollte, wenn nicht im schlechtesten Fall den, in eine Gesellschaft zu passen, die im Wesentlichen selbst an einem kollektiven Krankheitsbild leidet. Vielleicht ist es gerade der Anreiz des Lebens, als unvollendetes Wesen in einem unausgereiften Umfeld stets wieder vor die Herausforderung gestellt zu werden, über Wahrgenommenes Schlussfolgerungen zu ziehen und zu reifen und hiermit einen Schritt zur gesellschaftlichen Entwicklung beizutragen; vorausgesetzt, man hegt keinen ausgeprägten Drang zur Verzweiflung. Hierbei zeigt sich insbesondere, dass der Prozess der Bildung zu keiner Zeit zu einem Abschluss kommt, sondern sich als Leitfaden durch unser gesamtes Leben zieht.

Als zweite bildende Instanz möchte ich unser Schulsystem ins Spiel bringen. Meine Erinnerungen an die eigene Schullaufbahn teilen sich in zwei Abschnitte, die unterschiedlicher nicht sein können. Bereits im vierten Schuljahr gelang es mir, in einer Klassenarbeit im Fach Mathematik ein *mangelhaft* zu kassieren, welches mich in enorme Schwierigkeiten versetzte. Während meine Klassenlehrerin dies auf einen Ausrutscher zurückführte (schließlich waren meine Leistungen in diesem Fach bislang als »gut« bewertet worden), wurden mir im Elternhaus Tadel und Züchtigung zuteil und dies in einem Ausmaß, welches dazu führte, dass ich fortan Klassenarbeiten nur noch in Zuständen höchster Angst absolvieren konnte, was zwangsläufig zum Versagen führte. An dieser Stelle wird deutlich, wie sich Bildungsinstanzen gegenseitig beeinflussen und dass sie stets in ihrer Gesamtheit betrachtet werden sollten. Alsbald hatte ich den Ruf inne, im Fach Mathematik ein Versager zu sein. Dieser Eindruck wurde eins zu eins an die Lehrkräfte der weiterführenden Schule übertragen, weshalb ich dort bereits vorbelastet in den Schuldienst trat und unter besonderer Beobachtung stand. Meine Leistungen blieben mangelhaft und meine Ängste betrafen nicht mehr ausschließlich mein Elternhaus, sondern von dort an auch Lehrkörper und Internatserzieher. Ich hätte so gerne verstanden, wie die Mathematik funktioniert, doch war meine Auffassungsgabe stets blockiert und rund um die Algebra verstand ich weniger als Bahnhof. Rechnen mit Buchstaben? Was passiert hier eigentlich? Aus heutiger Sicht bin ich mir im Klaren darüber, dass es zu dieser Zeit eines Pädagogen bedürft hätte, der imstande gewesen wäre, mir die Angst zu nehmen, um meinen Geist zu öffnen. Da ich jedoch ebenso weiß, dass es damaligen Pädagogen wesentlich mehr Lebensfreude bescherte, ihre Zöglinge zu bestrafen als zu belohnen, war ich natürlich ein gefundenes Fressen, das man sich möglichst lange und ausgiebig schmecken lassen wollte. Heute empfinde ich Mitleid für diese Seelen. In der siebten Klasse durfte ich mit dem Fach Latein eine zweite Fremdsprache dazu erlernen. Lateinlehrer waren zu dieser Zeit weit davon entfernt als das bezeichnet zu werden, was man heute vielleicht »coole Säue« nennen würde. So erinnere ich mich an einen Kandidaten, der sich zu Beginn jeder Unterrichtsstunde einen Spaß daraus machte, einen Schüler nach vorne zu holen und ihn gezielt in ein Quadrat des Linoleum-Fußbodens zu stellen, den Blick nach vorne gerichtet, den rechten Arm zum Gruße ausgestreckt, auf dass die Sicht zu seinem Buche verwehrt blieb, in dem die abgefragten Vokabeln zu leicht hätten eingesehen werden können. Der Herr verfügte über eine stattliche Anzahl von Krawatten, die als Ornament durch einen dezenten Reichsadler verziert waren. Vielleicht zeichnet sich so langsam ein Bild dieses wundersamen Zeitgenossen in Ihrem Kopf. Nach einer demütigenden Prozedur der Vokabelabfrage vor den Mitschülern, zeigte der Herr oft seine gnädige Seite, in dem er fragte, welche Note man sich denn für die erbrachte Leistung selbst geben würde. Wer in diesem Moment klug reagierte, plädierte auf »mangelhaft« und erhielt als Bestätigung hierfür zumeist die Antwort: »Aber so gerade eben noch! Setzen!« Sie ahnen es vermutlich bereits; meine Leistungen im Fach Latein verschlechterten sich dermaßen, dass es im neunten Schuljahr mit zwei Sechsen auf dem Zeugnis zu einer Versetzung nicht mehr ausreichte. Allein meine guten Leistungen im Fach Deutsch (Aufsätze zu schreiben war doch ein herrliches Gefühl von Freiheit) reichten nicht mehr dazu aus, mich in die nächste Klasse zu retten. Mit der Wiederholung der neunten Klasse hatte ich mir fest vorgenommen, richtig durchzustarten und Gas zu geben. Hochmotiviert verfolgte ich den Unterricht und wollte mich rege beteiligen. Dann geschah etwas Seltsames. Man ließ mich im Unterricht nicht zu Wort kommen. Fächerübergreifend. Die Begründung hierfür stellt sich als sehr simpel heraus: Ich würde das ja alles schon wissen, da ich das Schuljahr schließlich wiederholen würde und somit wäre es den anderen Schülern gegenüber unfair, mich in den Unterricht mit einzubeziehen. Ich entschied mich zur

Zurückhaltung in den *sensiblen Fächern*, tobte mich in den Fächern Kunst, Deutsch, Chemie und Biologie, die mich ohnehin am meisten faszinierten aus und entschloss mich dazu, mit Ablauf des Schuljahres das Gymnasium zu wechseln, um als möglichst unbeschriebenes Blatt an anderer Stelle einen Neuanfang zu wagen. Derweil hatte der Punk und New-Wave mein Wesen in Besitz genommen und mich charakterlich und äußerlich geprägt. Vielleicht war dies die beste Schule, die ich je besucht habe. Auf dem städtischen Gymnasium, welches ich bis hierhin besucht hatte, stellte dies kein Problem dar. Mit meinem Wechsel zu einem ländlichen Gymnasium galt ich dort jedoch bereits bei meiner Ankunft als Exot. Ich entschuldige mich für die saloppe Ausdrucksform: Dies war mir scheißegal. Ich war besessen von dem Ehrgeiz zu zeigen, dass auch eine dubiose Kreatur, wie ich sie darstellte, außergewöhnliche schulische Leistungen erbringen konnte. Meine persönliche Erziehung hatte ich mangels familiären Hintergrundes bereits selbst in die Hand genommen. Mein Plan ging auf. Ich bekam die Kurve. Hier beginnt die andere Seite meiner Erinnerungen. Mit dem Eintritt in die Oberstufe (dies habe ich möglicherweise schon erwähnt), setzte bei mir Zwanglosigkeit ein. Alles, was ich fortan tat, geschah freiwillig. Es ist eine Wohltat sondergleichen, wenn Lernen ohne Zwang geschieht und auf Freude fußt. An diesem Punkt halte ich unser gesamtes Schulsystem für überarbeitungswürdig. Bildung funktioniert dann am besten, wenn die Neugier geweckt wird und die Lust hierzu im Vordergrund steht. Auf unser heutiges Schulsystem übertragen bedeutet dies aus meiner Sicht auch, den Schulunterricht projektbezogener zu gestalten.

Anstatt einzelne Schulfächer stur im dreiviertel-Stundentakt durchzuprügeln, sehe ich eine Chance darin, dem Bildungsauftrag gerecht zu werden, indem fächerübergreifend und mit praktischem Bezug gelehrt wird. So ist es beispielsweise ein sehr erfüllendes Gefühl, wenn Sie mit Ihren Lateinkenntnissen in der Lage sind, botanische Bezeichnungen aus dem Biologieunterricht abzuleiten und zu übersetzen. Warum sollte es nicht auch möglich sein, die Trigonometrie mit in den Kunstunterricht einfließen zu lassen und in gemalte Werke zu integrieren? Wäre es nicht herrlich, im Philosophieunterricht angeregt darüber zu debattieren, warum das Periodensystem der Elemente ist, wie es ist? Es ist nicht alles gleich Waldorf, was als sinnvoll erscheint.

Was die Inhalte des vermittelten Wissens in unseren Schulsystemen insbesondere im geisteswissenschaftlichen und geschichtlichen Bereich betrifft, sehe ich einen enormen Verbesserungsbedarf. Dies mag nun einem »Jammern auf hohem Niveau« gleichkommen, da wir in Deutschland an diesem Punkt sicherlich noch verhältnismäßig gut aufgestellt sind. Ich bin jedoch der Meinung, dass ein Staat dem vermittelten Lehrstoff keinen Filter aufsetzen und heranwachsende Generationen nicht zu seinem Selbsterhalt formen darf. Gleiches gilt im Übrigen für die Kirche. Wird das Fach Religion beispielsweise in einer Art vermittelt, als ob eine bestimmte Glaubensrichtung die einzig Wahre sei und es einen Lebensweg einzuhalten gelte, der damit Konform geht, so handelt es sich um eine nicht zu rechtfertigende Manipulation, die keine mündigen Menschen bildet sondern sie ihrer geistigen Freiheit beraubt. Als Unterrichtsfach darf Religion nur sachlich die Werte der verschiedensten Religionen aufzeigen, auf dass sich Schüler und Schülerinnen ein neutrales Bild hierüber machen können, welcher Glaubensrichtung sie sich – falls überhaupt erforderlich- zuwenden wollen. Zur kulturellen Verständigung halte ich es unter diesen Umständen sogar für unabdingbar, dass Schüler verschiedener Religionszugehörigkeit nicht wie bislang getrennt voneinander, sondern miteinander unterrichtet werden. Der Geschichtsunterricht darf seinerseits nichts verharmlosen oder verschönern. Das Thema »Deutscher Herbst« wird meiner Meinung nach einerseits zu kurz und andrerseits auch verfälscht dargestellt. Was mit einem Studentenaufstand beginnt, das muss nicht zwangsläufig im Terror enden. Der Mut zum Widerstand wird als etwas Kriminelles verpönt und gleichzeitig wird auf der anderen Seite beklagt (natürlich zurecht), dass die dunkle Zeit Deutschlands beginnend ab 1933 nur ihren Verlauf nehmen konnte, weil sich zu wenig Widerstad regte. Insbesondre dem Unterfangen »Weiße Rose«, welchem oftmals nur eine Randnotiz gezollt wird, kommt hier viel zu kurz.

Darüber hinaus halte ich es für erstrebenswert, Fächern wie der Pädagogik und der Psychologie viel mehr Raum zu verschaffen und sie höher zu gewichten. Wer nach dem Abitur mit der sogenannten »Lebensreife« auf die Menschheit entlassen wird, sollte in der Lage sein sich zumindest im Ansatz darüber ein Bild zu machen, wie der menschliche Geist funktioniert, um einen Basisschutz zu besitzen, der ihn vor ernstzunehmenden gesellschaftlichen Bedrohungen bewahrt. Denn diese – das wissen wir zur Genüge- lauern schließlich überall. Vielleicht stehe ich mit meiner Meinung in dieser Sache (und vielen anderen auch) sehr alleine da und friste ein einsames Dasein. Als toleranter und offener Mensch lasse ich meine Argumentation aber auch gerne als »streitbar« stehen und möchte sie keinesfalls als der Weisheit letzter Schluss verstanden wissen. Ich möchte mich nun der dritten und noch offenen Instanz zuwenden, die meiner Meinung nach unsere Bildung beeinflusst und prägt. Diese bezeichne ich als *Soziale Interaktion* und sie funktioniert nach dem »Trial & Error-Prinzip«. In gewisser Weise nimmt die soziale Interaktion eine Sonderstellung ein, da sie als Schnittmenge sowohl im familiären Umkreis und dem Elternhaus, wie auch im schulischen Bereich aber eben auch außerhalb dessen stattfindet, nämlich dort, wo wir uns gesellschaftlich begegnen und nicht zuletzt im Freundeskreis oder besser gesagt dem, was als Freundeskreis wachsen kann. Ich werde oft hellhörig, wenn Menschen mir berichten, dass sie über eine stattliche Anzahl sogenannter *bester Freunde* verfügen. Aus meiner Sicht lässt die inflationäre Verwendung der Bezeichnung »beste Freunde« Rückschlüsse auf eine Geringschätzung der Wertigkeit der Freundschaft zu. Das mag aber ein anderes Thema sein. Durch soziale Interaktion bereichern wir unseren Bildungsschatz dadurch, dass wir im Umgang miteinander lernen. Hierbei sind wir gleichzeitig Lernende wie auch Lehrende, da wir stets auch etwas senden. In jungen Jahren besteht die Interaktion sehr oft darin, Grenzen zu erforschen, wenn auch nicht zwangsläufig beabsichtigt. Wir machen Erfahrungen, wenn wir verletzend handeln oder auch von unserem Gegenüber etwas einfordern, wie Anerkennung, Belohnung und Aufmerksamkeit. Im

Idealfall erlernen wir hierdurch mit Enttäuschungen umzugehen oder auch wohltuendes Verhalten unseren Artgenossen zu verstärken- nicht selten auch zur Selbstbestätigung. Kurzum, je mehr wir miteinander interagieren, umso höher ist die Chance, dass wir unsere Sozialkompetenz stärken. Richtig schwierig wird es dann, wenn Emotionen wie Liebe ins Spiel kommen und wir uns als Empfänger verletzlich machen. Wer sich noch an seinen ersten richtigen Liebeskummer (oder auch den zweiten und dritten) erinnert, der weiß, wie sich eine blutende Seele anfühlt. Dennoch sind diese Erlebnisse für das reflektierte Verhältnis zu uns, den Mitmenschen und der Welt von enormer Bedeutung. Wer stetig scheitert, der wird irgendwann an einen Punkt gelangen, an dem er sich mutlos, verlassen und kraftlos fühlt und möglicherweise professionelle Hilfe in Anspruch nehmen müssen, was sich immer mehr zur Normalität entwickelt. Gerechtigkeit im Sinne einer Chancengleichheit ist in der Gesellschaft mitnichten wiederzufinden, zumal sich die puffernde Schicht des Mittelstandes zunehmend auflöst und sich »arm« und »reich« immer häufiger direkt gegenüberstehen, wodurch ein enormes Konfliktpotenzial entsteht, welches auf der einen Seite kriminelle Energie freisetzt und von der anderen Seite her Isolation provoziert. Von diesem Bild kann man sich insbesondere in unseren Metropolen überzeugen. Hier zeigt sich im Übrigen die Unsinnigkeit der sogenannten Kopfnoten, die eingeführt wurden, um soziales Betragen von Schülern zu bewerten. Halten wir uns einen Schüler aus Neukölln vor Augen, dessen soziales Betragen mit sehr gut bewertet wurde, so gäbe es für ein vergleichbares Verhalten eines Schülers aus

Starnberg vermutlich ein schwaches befriedigend. Ich bin mehr denn je der Überzeugung, dass ein ausgereiftes und faires Bildungskonzept die Grundlage dafür bildet, wie sich Chancengleichheit in unserer Gesellschaft gestaltet und damit gleichsam einen wesentlichen Beitrag dazu leistet, wie lebenswert das Leben für uns alle und uns selbst wird. In dieser Angelegenheit gibt es enorm viel zu tun und von einem Idealzustand sind wir meilenweit entfernt. Und da ich nun ernsthafter geworden bin, als ich es mir zu Beginn dieses Kapitels vorgenommen hatte, will mir auch kein vergnüglicher Schlusssatz einfallen. Vielleicht ist gerade einfach nicht der Moment dafür gegeben.

Meine anfängliche Faszination für das Thema Pharmazie fand ihren Ursprung etwa im Jahre 1994. Ich war als Krankenpfleger tätig, auf einer internistischen Station, in einer kleinen linksrheinisch angesiedelten Klinik. Dies wissen Sie bereits aus meinem Kapitel über die Arbeit. Betrat man das »Schwesternzimmer« (Oh ja, diese Bezeichnung empfand ich durchaus als diskriminierend!), so führte an dessen Ende eine Tür auf der linken Seite zu einem Nebenraum von beachtlicher Größe. Dort befand sich die Stationsapotheke. Geräumige Wandschränke mit großen ausziehbaren Schubladen beherbergten Pillen in allen Farben und Formen, Tropfen, Ampullen, Suppositorien und Tinkturen gegen alle von Gott erschaffenen Wehwehchen. Ich weiß heute nicht mehr, was genau der Auslöser war, aber ich war mit Hingabe damit beschäftigt, mir die pharmazeutischen Begriffe der Wirkstoffe aller möglichen Präparate einzuprägen. Dies führte in recht kurzer Zeit dazu, dass ich imstande war die entsprechenden Handelsnamen verschiedenster Medikamente zu benennen, wenn mir nur der Inhaltsstoff genannt wurde. Dies erwies sich als durchaus praktisch, wenn bei einem Patienten eine Blutkultur im Labor »ausgebrütet« wurde, um einen konkreten Erreger für seine Infektion zu bestimmen. Als Basis für die Antibiose stand unseren Stationsärzten eine Liste zur Verfügung, die aufführte, welches Mittel sich als wirksam erweisen könnte, da der Erreger noch keine Resistenz entwickelt hatte. Es hinterließ schon einen gewissen Eindruck bei unseren Medizinern, wenn ich ihnen ein verfügbares Antibiotikum beim Namen nennen konnte und so entwickelte ich mich insgeheim zu einer Art direktem Ansprechpartner, wenn es um die Schnittstelle zwischen der Pharmazie und der Medizin ging. Ich fühlte mich positiv verstärkt und genoss die Anerkennung, die ich bekam. Somit war es mehr als selbstverständlich, dass ich den Entschluss fasste, unsere Stationsapotheke nach der bevorstehenden Renovierung, von Grund auf neu zu strukturieren und umzugestalten. Ich sah dort einigen Optimierungsbedarf und hatte mir zum Ziel gesetzt, so etwas wie eine »Vorzeigeapotheke« für die gesamte Klinik zu gestalten. Ich stellte den Kontakt zum »Oberpharmazeuten« unserer Zentralapotheke her und, weil ich gerade dabei war, bat ich gleichzeitig darum, dort während meines Urlaubes ein Praktikum machen zu dürfen. Vielleicht war ich ein Streber, aber gleichzeitig war ich natürlich auch neugierig darauf, im Selbstversuch später einmal Tranquilizer mit verbundenen Augen an ihrer Wirkungsweise zu erkennen oder einfach einmal auf Prosac tanzen zu gehen. Ich war jung und unvorbelastet und würde vermutlich in meinem ganzen Leben nicht mehr so nah an der Quelle sitzen, um alle Experimente, die ich mit meinem Körper und Geist noch vorhatte, durchführen zu können. So primitive Beweggründe stecken oftmals nach außen hin unsichtbar hinter dem überdurchschnittlichen Engagement eines Menschen für eine bestimmte Sache. Kaum einer strebt aus reiner Strebsamkeit. Ich rate dennoch dringend davon ab, mir in der Angelegenheit nachzueifern und fordere kategorisch Jeden dazu auf, sich dieses Vorhaben aus dem Kopf zu schlagen, sofern ihm beim Lesen dieser Zeilen bereits das Wasser im Munde zusammen gelaufen sein sollte. Es gibt eine stattliche Anzahl von durchgeführten Selbstversuchen, die mächtig nach hinten losgegangen sind. Clomethiazol ist ein Wirkstoff, der Alkoholkranken Menschen während ihres körperlichen Entzuges verabreicht wird. Hierbei handelt es sich um Weichkapseln, die im Kern mit Flüssigkeit gefüllt sind. Bei akuten Entzugserscheinungen werden diese Kapseln mit einer dünnen Injektionsnadel angestochen und dem Patienten sublingual verabreicht. So kann der Wirkstoff entweichen und wird durch die Mundschleimhaut resorbiert. Zwei dieser Kapseln habe ich in einer Diskothek verköstigt und sie mit einem Male zerbissen. Mein Kopf blies sich in Nullkommanichts zu einem Heißluftballon auf und ich hatte das Gefühl, dass mir die Augen aus dem Schädel quollen. Ich war bewegungsunfähig und stierte einfach nur noch ins Nichts. Meine damalige Freundin stand vor mir und brüllte mich an, dass ich aussähe wie eine Kuh. Das ist nicht witzig und soll hier ausdrücklich als Warnung verstanden werden! Darauf bestehe ich. Von der Beschreibung weiterer Experimente werde ich auch an dieser Stelle Abstand nehmen. Was mir jedoch wichtig war: Ich konnte nun nachempfinden, wie sich die Patienten wohl fühlen mögen, wenn sie dreimal täglich zwei dieser Kapseln einnahmen. Ich tat es also im Grunde genommen nur aus dem Grunde, ein noch besserer Krankenpfleger zu werden und mich in die Situation meiner Klientel einfühlen zu können. In der Summe führen alle Versuche an mir selbst dazu, dass ich die feste Entscheidung traf, ein Pharmaziestudium zu beginnen. Praktische

Erfahrungen in dieser Disziplin hatte ich schließlich in ausreichendem Maße erlangt. Nun wissen sie auch, dass aus meinem anvisierten Medizinstudium schlussendlich doch nichts geworden ist. Ich wurde durch die ZVS (Zentrale Vergabestelle von Studienplätzen) der Johann-Wolfgang-von-Goethe-Universität in Frankfurt am Main zugewiesen, wo ich immatrikulierte und danach nie mehr dort gesehen wurde, da ich im sogenannten Ringtauschverfahren zur Heinrich-Heine-Universität nach Düsseldorf wechseln wollte. Hierzu kam es nie, da augenscheinlich niemand, der in Düsseldorf eingeschrieben war, freiwillig nach Frankfurt gehen wollte. Somit wurde ich nach zwei Semestern exmatrikuliert und meine Chance war dahin. Hätte ich zur damaligen Zeit ahnen können, dass ich im späteren Leben ohnehin in Frankfurt stranden würde, dann hätte ich vermutlich in den sauren Apfel gebissen und mich durchgeschlagen. Zwischen den Jahren 2011 und 2015 habe ich in einer Entfernung von etwa fünf Minuten Fußweg zur Universität in Frankfurt-Bockenheim gewohnt. Ich möchte im Grunde genommen jetzt gar nicht daran erinnert werden. Soweit zu meiner steilen Karriere im Bereich Pharmazie. Dass mich das Gebiet auch heute als Informatiker noch interessiert, sehen sie spätestens daran, dass ich hierzu ein Kapitel verfasse. Seien Sie also froh, dass ich nicht vor hatte Betriebswirtschaftslehre zu studieren.

Sie alle kennen das folgende Zitat und haben sicherlich erwartet, dass ich es irgendwann anführen würde: *Zu Risiken und Nebenwirkungen lesen Sie die Packungsbeilage und fragen Ihren Arzt oder Apotheker.* Möglicherweise kennen Sie auch den Effekt, dass Sie nach dem Studium der Packungsbeilage eines Ihnen verordneten Medikamentes überhaupt nicht mehr sicher sind, ob sie es noch einnehmen wollen oder lieber Ihre Krankheit akzeptieren. Wer zum Beispiel an einer rheumatischen Erkrankung oder einer schmerzhaften Erkrankung des Bewegungsapparates leidet, der kann durchaus in die Situation gelangen *Diclofenac* gegen Schmerzen verschrieben zu bekommen. Laut Packungsbeilage wurde unter der Einnahme dieses Präparates von Todesfällen berichtet. Spricht man hierauf seinen Arzt oder Apotheker an, weil man sich unsicher fühlt, so wird gerne beschwichtigt getreu dem Motto »ach ja, das ist eine rein statistische Angelegenheit.«

Die Statistik besagt hierbei, dass ein Todesfall verursacht durch dieses Schmerzmittel bei weitem höher liegt, als ein Sechser im Lotto. Das Lottospiel ist auch heute noch ein sehr lukratives Geschäft und kaum einer lässt sich von der geringen Wahrscheinlichkeit den Jackpot zu knacken abhalten, dennoch zu spielen. Weniger Vorsicht lassen wir walten, wenn es um die Einnahme möglicherweise lebensbedrohlicher Pharmazeutika geht. Keinesfalls möchte ich hier dazu raten, die Einnahme essentiell lebensnotwendiger Medikamente, wie Digitalis zur Behandlung der Herzinsuffizienz, Insulin bei Diabetes, Phenprocoumon zur Regulierung des Quick-Wertes oder sonstigen lebenswichtigen Arzneien zu verweigern. Einzig und allein würde ich dazu anregen wollen zu überlegen, ob der empfundene Schmerz tatsächlich derart unerträglich ist, dass eine regelmäßige, z.B. dreimal tägliche, Einnahme erforderlich ist, oder ob es möglich ist, die Einnahme auf den Bedarfsfall zu reduzieren. Diese Entscheidung – das muss ich natürlich dazu sagen- sollte nicht alleine getroffen werden, aber es sollte sicherlich möglich sein, seinem Arzt diesen Vorschlag zu unterbreiten und zu sehen, ob dieser damit einverstanden ist. So gerne ich darüber schreibe, dieses Kapitel ist nicht als medizinischer Ratgeber gedacht. Ich denke, dass ich das nun oft genug gesagt habe und rechtlich aus dem Schneider bin. Insgeheim zähle ich auch auf die Mündigkeit des Lesers.

Mit Bezug auf den Wirkstoff *Diclofenac* verbleibe ich auch gleich bei den nichtsteroidalen Antirheumatika und nehme noch einen nahen Verwandten namens *Ibuprofen,* welcher frei verkäuflich ist, mit ins Boot. Es ist gemeinhin bekannt, dass diese Mittelchen alles andere als magenfreundlich sind. Zu äußerster Vorsicht wird geraten, wenn bereits Vorbelastungen im gastrointestinalen Bereich bestehen, wie dies beispielsweise bei einer chronischen Gastritis oder sogar einem Magengeschwür der Fall ist. Heute ist es deshalb oft Gang und Gebe, dass mit der Verordnung dieser Wirkstoffgruppe gleichzeitig auch ein sogenannter Magenschutz aus der Gruppe der *Protonenpumpenhemmer* (Omeprazol, Pantoprazol etc.) verschrieben wird. Was hier im ersten Moment so klingen mag, wie die Sperrvorrichtung einer Laserkanone, ist in Wirklichkeit ein Medikament, welches die Produktion der Magensäure hemmt, um einer möglichen Schädigung der Magenschleimhaut vorzubeugen. Inwieweit die körpereigene Magensäure einen wesentlichen Beitrag zu unserer Verdauung oder dem Abtöten von eingedrungenen Krankheitserregern dienlich ist, lasse ich hier einmal außer Betracht. Wir senken einfach die Produktion der Magensäure, um Schmerzmittel einnehmen zu kön-

nen und tun nun einmal so, als ob das absolut sinnvoll wäre. Aus eigener Erfahrung darf ich berichten,
dass bei mir die Einnahme eines Säurehemmers bereits nach wenigen Tagen vor allem zu extremen Ge-
lenk- und Muskelschmerzen führt. Ist das nicht gran-
dios? Da nimmt man ein Medikament ein, um
Schmerzmittel einnehmen zu können und bekommt
im Gegenzug dann Schmerzen davon! Wer nun nicht
aufpasst ist leicht geneigt seine Schmerzmitteldosis
zu erhöhen und somit wiederum die Belastung des
Magens zu steigern. Welch' irrsinniger Teufelskreis.
Solche Widersprüche bei der Medikation sind übrigens keine Seltenheit. Es gibt sogar teilweise sehr irr-
witzige Kombinationspräparate, die sich in ihrer Zu-
sammensetzung bereits wiedersprechen. Schauen
wir uns hierzu einmal einen gerade zur Winterzeit
fleißig im TV beworbenen blaufarbenen Erkältungs-
saft an, der gerne von Männern eingenommen wird,
nachdem diese ihre Frau angefleht haben, doch bitte
die *Mama anzurufen*. Jener Zaubersirup setzt sich zusammen aus *Paracetamol* (hierzu komme ich später
noch), *Doxylamin* und *Ephedrin*. Doxylamin ist hierbei die Komponente (auch hierzu komme ich später
noch), die dafür sorgt, dass Sie müde werden und
gut einschlafen können. Ephedrin ist der Wirkstoff,
der zwar einerseits die Schleimhäute abschwellen
lässt, damit sie besser atmen können. Gleichzeitig
wird Ephedrin aber auch gerne als leistungsstei-
gernde Substanz –sprich als Dopingmittel- missbraucht. Ephedrin puscht tüchtig wach und erhöht
die Herzfrequenz enorm. Da duellieren sich nach
Einnahme also ein Aufputschmittel und ein Schlafmittel in Ihrem Körper. Ist dies nicht eine wunder-

volle Möglichkeit, einen Körper in den Zustand völliger Verwirrung zu versetzen, in einem Augenblick, da er sich doch so sehr nach Erholung sehnt, weil er doch ohnehin schon genug damit zu tun hat, gegen Ihren grippalen Infekt anzukämpfen? In meinem nächsten Beispiel bleibe ich direkt einmal bei einer ordentlichen Erkältung und lasse diese zu einer ausgewachsenen Bronchitis heranreifen. Nicht selten ist es hierbei gängige Praxis, dass ein schleimlösendes Medikament – ein sogenannte Mukolytikum- wie Acetylcystein- eingenommen wird, was zunächst ja auch sinnvoll erscheint. Gleichzeitig wird dieses sehr gerne ergänzt durch die Verabreichung eines Antitussivums, also eines Hustenblockers, wie Codein. In der Summe wird also die Schleimlösung in der Lunge angeregt, während im selben Atemzuge das Abhusten desselben blockiert wird. Wem eine Pneumonie mehr Freude als eine akute Bronchitis bereitet, der handelt hier genau richtig.

Im Folgenden möchte ich meinen Blick auf eine wirklich interessante pharmazeutische Stoffgruppe richten, nämlich die der trizyklischen Antidepressiva. Es wird zwar offiziell behauptet, dass die trizyklischen Antidepressiva heute nicht mehr *das Mittel der Wahl* bei einem depressiven Leiden wären, jedoch hat meine eigene Erfahrung mich gelehrt, dass das Gegenteil der Fall ist. Nun mag meine Studie rund um die eigene Person mit Sicherheit nicht repräsentativ sein, aber wer kann schon ausschließen, dass ich der Einzige bin, dem diese medizinische Behandlung zugemutet wurde. Eines darf ich vorweg behaupten: Antidepressiva werden in der heutigen Zeit viel zu schnell und viel zu oft verordnet. Für behandelnde

Ärzte mögen sie in gewisser Weise einen Segen darstellen. Der Patient ist niedergeschlagen; seine Stimmungen schwanken, er ist müde, empfindet sein Leben als sinnentleert. Das ist ein komplexes Krankheitsbild, welches eine oft langjährige und intensive Behandlung erfordert. Heutzutage soll es aber schnell gehen, der Mensch muss funktionieren und es wäre kaum auszumalen, in welchen gesellschaftlichen Zustand wir kämen, die horrenden Kosten der notwendigen Therapien noch nicht einbezogen, wenn jeder Mensch genau die Therapie in Anspruch nehmen würde, die sein Krankheitsbild erfordert. Mit der Verordnung eines Antidepressivums bietet sich eine schnelle und günstige Methode, den Patienten temporär ruhig zu stellen und ihm zudem das Gefühl zu vermitteln, er täte das Richtige für sich selbst. Im Jahre 2008 bekam ich erstmals den Wirkstoff *Opipramol* verschrieben. Ich gebe zu, dass ich damals sehr neugierig war, was wohl mit mir unter der Einnahme dieses Präparates geschehen würde. Diagnostiziert wurde mir eine Art Erschöpfungszustand. Es erscheint mehr als logisch, dass eine medikamentöse Therapie hierbei wesentlich sinnvoller ist, als sich schlichtweg Erholung zu gönnen. Wer seinen Arbeitsplatz behalten will, weil er darauf angewiesen ist, der entscheidet sich nun einmal für alternative Wege. Etwa zwei Stunden nachdem ich die erste Pille eingeworfen hatte, stellte sich bei mir eine dezente und keinesfalls unangenehme Form der Müdigkeit ein. Was so harmlos begann führte jedoch dazu, dass ich mich am darauf folgenden Morgen mit dem Klingeln des Weckers fühlte, als sei mein kompletter Körper fest mit meinem Bettgestell verschraubt und ich mir unweigerlich die

Frage stellen musste, was hieran wohl *stimmungsauf-hellend* sei. Ich war möglicherweise zu ungeduldig und hatte zu hohe Erwartungshaltungen einem solchen Wundermittel gegenüber. Und da mir verordnet wurde, dreimal täglich eine Tablette einzunehmen, legte ich direkt mit der morgendlichen Dosis nach. Die Fahrt zur Arbeitsstätte (damals etwa 8 Kilometer über die Autobahn) vollzog sich in Zeitlupe vor meinen Augen. Auffallend war jedoch, dass ich mich über keine Verkehrsteilnehmer – wie sonst üblich- aufregte und sie anbrüllte, hatte dafür aber den Eindruck, dass nun ich derjenige war, der die anderen ärgerte. Das gefiel mir ein wenig. Meine Arbeit erledigte ich mit der üblichen Gleichgültigkeit, wie ich es sonst tat, mit dem Unterschied, dass mein Desinteresse in mir eine gewisse Verzückung auslöste. Ich lernte in den darauffolgenden Tagen, dass die erwartete Stimmungsaufhellung sich also nicht in der Art einer Euphorie oder Antriebssteigerung äußern würde, sondern lediglich den Effekt hatte, dem Unmut eine Bedeutungslosigkeit zu geben. Der Alltag lief vor meinen Augen ab, als säße ich *zappend* vor dem heimischen TV, gleichzeitig wissend, dass das Suchen eines interessanten Programmes ohne Erfolg sein würde, aber die Gewissheit zu haben, dass das stete Umschalten mit der Fernbedienung ja nun immerhin eine Tätigkeit sei, die man nicht unterschätzen dürfe. Wenn ich mir mein Gehirn als eine Maschine vorstelle, deren einzelne Bauteile durch Schrauben und Muttern zusammengehalten werden, so würde ich das Gefühl der Wirkungsweise von Opipramol in etwa so beschreiben, dass ferngesteuerte Hände mit groben und bizarren Werkzeugen alle Schrauben und Muttern so derart fest anziehen, dass die Gewinde bereits Schaden erleiden und die Maschine in ihrer Gesamtheit zu solcher Festigkeit zusammen gezogen wird, dass ihre Beweglichkeit im Ergebnis bereits wieder eingeschränkt wird. Dieser Zustand hielt etwa vier Wochen an, danach verlor sich die Wirkung des Medikaments und ich fühlte mich trotz weitere Einnahme wieder wie zuvor, weshalb ich mich dazu entschloss, die *Therapie* eigenmächtig einzustellen. Einige Jahre später durfte ich vergleichbare Erfahrungen mit dem Wirkstoff *Doxepin* sammeln, der zudem übelste Herzrhythmusstörungen verursachte, was den zu Panikattacken neigenden Patienten sicherlich mit Freude erfüllt. Als Nebenwirkung der trizyklischen Antidepressiva werden übrigens *Depressionen* sowie eine *gesteigerte Suizidneigung* genannt. Um dem Ganzen noch die Krone aufzusetzen, möchte ich nicht unerwähnt lassen, dass Sie in vielen Packungsbeilagen von Antidepressiva auf die Information stoßen, dass *die genaue Wirkungsweise bis heute noch nicht abschließend erforscht* sei. Spätestens an dieser Stelle läuten bei mir die Alarmglocken, bedeutet dies doch nichts Andres, als dass zuhauf übereilig Medikamente verordnet werden, von denen nahezu unbekannt ist, wie tief sie in unser organisches System eingreifen und zu welchen Spätfolgen deren Anwendung schlussendlich führen kann. Hätte ich persönlich ein wenig früher die Erfahrung machen dürfen, welche Wunder ein ausgedehnter Waldlauf oder das Schwimmen von fünfzig großen Bahnen im Schwimmbad bewirken können, wäre dieses Kapitel sicherlich um einiges kürzer geraten. Gut also, dass diese Einsicht erst spät kam.

Zum Abschluss möchte ich noch ein paar pharmazeutische *Gimmicks* ins Spiel bringen. Vielleicht gehören Sie zu den Leuten, die in ihrer gut sortierten Hausapotheke neben einem rezeptfreien Schlafmittel auch ein Antihistaminikum gegen Juckreiz und Insektenstiche horten. Hier empfiehlt es sich, einmal die Inhaltsstoffe zu vergleichen. Bis vor einiger Zeit war es noch gang und gäbe, dass Ihnen gegen allergische Reaktionen der bereits erwähnte Wirkstoff *Doxylamin* in Tablettenform untergejubelt wurde. Als sehr wahrscheinliche Nebenwirkung konnten Sie dem Beipackzettel entnehmen, dass Sie von Müdigkeit befallen werden würden. Da wirkt es wenig verwunderlich, dass unter einem anderen Handelsnamen derselbe Wirkstoff als schlafförderndes Mittel im Handel angeboten wird. Das generiert schließlich Umsatz und gehört zu einem sinnvollen Marketing. Ebenso enthalten viele in der Werbung als neuartig angepriesene Präparate gegen Schmerzen lediglich altbewährte Rezepturen, die in neuem Gewand präsentiert werden und eine kleine Revolution vorgaukeln. Wer Interesse zeigt, sich hiermit etwas genauer zu befassen und auseinanderzusetzen, dem bleibt so mancher Hype erspart.

Als wirklich bedauernswert hingegen empfinde ich die Tatsache, dass traditionelle und allgemein gut verträgliche Medikamente klammheimlich ihre Zulassung verlieren. Als Beispiel möchte ich den seit 1963 im Handel befindlichen Wirkstoff *Fusafungin* erwähnen, der im Jahre 2016 eher beiläufig aus dem Handel verschwunden ist. Interessanterweise hätten sich zuletzt einige Fälle von allergischen Reaktionen gezeigt. Ungeklärt bleibt hierbei die Frage, warum diese Reaktionen erst 53 Jahre nach Einführung des

Medikaments aufgetreten sind. Ein Schelm, wer Böses dabei denkt! An dieser Stelle könnte ich zusätzlich sicherlich noch auf den Wirkstoff *Tetrazepam* eingehen, was ich mir aus Gründen der Vorsicht jedoch –zugegebenermaßen etwas schmerzlich- verkneife. Solange rezeptfreie Schmerzmittel wie *Paracetamol* auch in großen Mengen erhältlich sind, braucht man sich über den Sinn der betriebenen Arzneimittelpolitik kaum Gedanken machen. Wer einmal in den Genuss kam, einen Patienten betreuen zu dürfen, der durch die Einnahme einer kompletten Packung dieses Wirkstoffes, mit dem Ziel, sich das Leben zu nehmen, auch beinahe Erfolg durch ein elendes Leberversagen gehabt hätte, der ändert sicherlich auch dahingehend seine Sichtweise.

Über Kommunikation

Vielleicht komme ich nun zu einem der schwierigsten Themen in Bezug auf den Umgang der Menschen miteinander, sofern man das Thema »Liebe« außer Betracht lässt. Ich möchte mit einer althergebrachten These beginnen, die besagt, dass es nicht möglich ist, *nicht* zu kommunizieren. Selbst in den Augenblicken, in denen wir schweigen und vielleicht einfach nur dasitzen und stur in den Raum starren, senden wir Signale, die eine Botschaft an unsere Umwelt senden. Allenfalls im Schlafe, wenn wir unsere Sinne in uns selbst gekehrt haben, sind wir imstande die Kommunikation nach außen für eine Weile ruhen zu lassen. Wenngleich ich aus den Mündern anwesender Personen selbst in diesem Zustand schon wie wildesten Geschichten hören durfte. Sobald wir uns jedoch in Gesellschaft aufhalten, befinden wir uns im ständigen Wechselspiel von Sender und Empfänger. Es wurde vermutlich nie mehr kommuniziert als in der heutigen Zeit. Hierbei kommt es mehr denn je auch zum Informationsaustausch zwischen Personen, die, würden sie sich im realen Leben begegnen, vermutlich aneinander vorbeilaufen würden, ohne voneinander Notiz zu nehmen. In einer vernetzten Welt verschwimmen diese Grenzen. Selbst ein recht unbedeutender Mensch ist heute in der Lage, seine geistigen Ergüsse in ein Buch zu verfassen und dieses unter das Volk zu bringen. Es liegt in der Natur der Sache, dass es hierbei ständig zu Fehlübertragungen kommt, die in ihrer letzten Konsequenz zu Missverständnissen und damit nicht selten zu Unfrieden führen. Wirft man einen Blick auf die Verläufe in Online-Diskussionen, so kann man feststellen, dass oft nur drei verbale Schlagabtäusche vonstattengehen müssen, bevor ein Gespräch eskaliert und die ersten unüberlegten Beleidigungen verteilt werden. Mir persönlich ist die Freude, mich an derartigen Unterhaltungen zu beteiligen, seit langem vergangen und verhalte mich meist passiv. Völlig aussichtslos ist es den Versuch zu wagen, sich argumentativ gegen Emotionen zu stellen, ganz gleichgültig, in welche Richtung diese auch zeigen mögen. Einen verliebten Menschen, der seine Welt durch die rosarote Brille betrachtet, kann man nicht davon überzeugen, dass er sich in einen geistigen Tiefflieger verguckt hat. Wer vom Hass gegenüber einem Menschen erfüllt ist, den kann man nicht argumentativ von der Gutmütigkeit seines Feindbildes überzeugen.

Die erste Hürde in der Kommunikation mit unseren Mitmenschen finden wir bereits darin, unsere Gedanken klar zum Ausdruck zu bringen. Oftmals überspringen wir dabei wichtige Punkte, da wir sie als selbstverständlich voraussetzen (wobei sie in erster Linie zunächst nur uns selbst als verständlich erscheinen) und vermitteln somit nur einen Teil unseres Standpunktes, von dem wir dann auch gleich annehmen, dass er vollumfänglich gehört würde. Ohne eine Rückversicherung, die wir uns bei unserem Gesprächspartner einholen müssen, sollten wir stets davon ausgehen, dass ihn nur Teile unserer Botschaft erreicht haben und es wäre ein weiterer Trugschluss davon auszugehen, dass selbst diese Teile auch tatsächlich verstanden wurden. Und als wäre dies noch nicht genug, dürfen wir weiterhin anzweifeln, dass Verstandenes gleichsam zum Verständnis oder Einvernehmen führt. Unter diesen Voraussetzungen kann schon einmal die Lust an der Kommunikation vergehen, wenn man nicht gerade die Bereitschaft an den Tag legt, sensibel mit diesen »Störfaktoren« umzugehen. Kommunikation ist harte Arbeit. Ich habe sehr oft Menschen erleben dürfen, die voneinander behaupteten »Wir verstehen uns auch ohne Worte« oder im Selbstverständnis sagten »Zwischen uns passt kein Blatt Papier«. Es brauchte nicht lange, bis sich diese Menschen in einem Konflikt zueinander widerfanden, der die schnell gewachsene Freundschaft in Windeseile in Bruchteile zerlegt hat.

Damit Kommunikation gelingen kann, ist es fast immer erforderlich, darauf zu achten, *wie* wir etwas sagen, in welcher Situation wir etwas sagen, welche Ereignisse der Situation vorausgegangen sind und vor allen Dingen auch zu welchem Zeitpunkt wir etwas sagen. Im Berufsalltag dürfte zudem auch von Interesse sein, zu *wem* wir etwas sagen. Interessanterweise ist es aus eigener Erfahrung leider aber auch so, dass Sie schnell für einen Menschen gehalten werden könnten, der *psychologische Tricks* zur Manipulation anwendet, wenn Sie durch gezieltes Nachfragen versuchen, die Kommunikation barrierefrei zu gestalten. Wenn Sie dann an den Punkt kommen, an dem Sie einem Menschen klipp und klar sagen können, was er gerade gedacht hat, dann kann es sein, dass er sich hierüber erschreckt und sich Ihnen gegenüber geistig entblößt fühlt. Andrerseits muss ich tatsächlich eingestehen, dass es sehr oft auch einen riesen Spaß bereiten kann, Menschen in diese Situation zu führen, insbesondere dann, wenn Sie aufzeigen können, dass die Person tatsächlichen Unsinn geredet hat. Und um dies einmal klarzustellen: Auch ich kann Unsinn reden und auch schreiben. Ich denke, davon muss ich niemanden mehr wirklich überzeugen.

Im täglichen verbalen Umgang miteinander haben sich einige Formulierungen gebildet und gefestigt, die einer flüssigen und verständnisvollen Kommunikation unweigerlich den Garaus machen. Besonders hervorzuheben sind hierbei *zuweisende* Worte, wie etwa »Du hast«, »Du bist« oder »Du machst«. Sätze, die mit solchen oder vergleichbaren Formeln beginnen, bedeuten einen direkten Angriff und stellen den Empfänger vor vollendete Tatsachen, die ihm gleichzeitig eine Schuldzuweisung zuspielen. Da es sich hierbei im Grunde genommen um eine Verurteilung handelt, erübrigt sich im Anschluss jegliche Diskussion, zumal ein *überlegener* Gesprächspartner im Idealfalle ohnehin der Überzeugung ist, dass er sich in keiner Weise rechtfertigen muss. Wem ein Gespräch also als wichtig und sinnvoll erscheint, der sollte in Erwägung ziehen, seine Beschuldigungen als Verdacht zu formulieren, etwa unter Verwendung von Einleitungen wie »Ich habe den Eindruck, dass du«, »Ich habe das Gefühl, dass du«. Hierdurch bekommt der Empfänger die Möglichkeit eine etwaige Fehlinterpretation des Senders zu korrigieren und ihn vom Gegenteil zu überzeugen, sofern er über die geeigneten Argumente verfügt, was sich dann alsbald in einer regen Diskussion herausstellen wird, wenngleich die Aussage »Ich denke, dass Du ein Arschloch bist« vermutlich trotz ihrer Entschärfung wenig zielführend sein wird. Beleidigungen jedweder Art sind der Tod der Kommunikation und leider beobachte ich sehr häufig, dass es sich wohl zu einem wesentlichen

Bestandteil unserer Kommunikationskultur (sofern sie diese Bezeichnung dann noch verdient) entwickelt, sein Gegenüber im Wechselspiel möglichst verletzender zu beleidigen, als es das Gegenüber zuvor noch getan hat. Nicht selten führt dieses Prinzip nach Ausschöpfung des zur Verfügung stehenden Schimpfwortvokabulars dazu, dass die Fäuste geballt werden und im harmlosesten Verlaufsfalle lediglich Geschirr zu Bruch geht. Gelöst wurde hierdurch nichts, allenfalls die Kluft zwischen beiden Parteien vergrößert und das gegenseitige Vertrauen auf ein Minimum reduziert. Es gibt tatsächlich die Augenblicke, in denen ein verantwortungsvolles Schweigen die bessere Wahl ist. Aber auch dieses Verhalten muss selbstverständlich entsprechend kommuniziert werden, damit es nicht als Gleichgültigkeit interpretiert werden kann und den Spannungsbogen unnötig erhöht.

Eine weitere Möglichkeit Kommunikation zum Scheitern zu verdammen, bietet die Anwendung von Verallgemeinerungen und Pauschalisierungen. Wer seine Vorwürfe gegenüber einer Person mit Attributen wie *immer, ständig, permanent* oder *grundsätzlich* garniert, der signalisiert seinem Gesprächspartner eine Stringenz seines Fehlverhaltens, welches keine Lücke zur Intervention (auch nicht durch ihn selbst) bietet und damit keinen Raum zur Reflektion oder zum Durchatmen lässt. »Du hast ständig schlechte Laune«, »Du kommst immer zu spät«, »Auf dich ist nie Verlass« sind Beispiele für ein zur Last gelegtes Fehlverhalten, welches sich auf der ganzen Linie durchzieht und somit zu verstehen gibt, dass eine Aussicht auf Besserung chancenlos ist. Ich persönlich glaube nicht an dauerhaftes Fehlverhalten. Selbst der übellaunigste Vorgesetzte kann in einem unerwarteten Augenblick mit einer freundlichen Geste überraschen. Genau diese Augenblicke sind es, die wir zur Kommunikation nutzen sollten, weil wir sie wesentlich effizienter ausschöpfen können:»Das tut gut sie einmal Lachen zu sehen, Chef. Das steht ihnen gut.« Die Wirkung dieser positiven Verstärkung kann um ein Vielfaches stärker sein als die negative Ausformulierung:»Habe ich ihnen schon einmal gesagt, wie hässlich sie aussehen bei ihrer immerwährenden Motzerei? Ihr Anblick widert mich an.« Solche Worte kann man vielleicht zum Abschied benutzen, wenn man sein Abschlusszeugnis bereits in den Händen hält und man ohnehin keinen Anlass mehr zu fruchtbarer Kommunikation hat. Aber es wird vielleicht auch an dieser Stelle wieder deutlich, wie schwierig es ist zu kommunizieren sobald Emotion im Spiel ist. So bedauerlich es auch erscheinen mag: unsere Gefühle bilden die größte zu überwindende Hürde zur Führung eines erfolgreichen Gespräches, weshalb die Kommunikation innerhalb von Beziehungen wohl als Königsdisziplin gelten dürfte.

Ich hatte einmal eine Freundin mit einer Angewohnheit, die mich oft zur Verzweiflung brachte: Sie beendete ihre Monologe sehr gerne mit der Frage»Weißt du, was ich meine?« Wenn ich jetzt einmal voraussetze, dass besagte Person einen kompletten Gedankenstrang vollendet und diesen mir gegenüber ausformuliert hat, wie könnte ich selbst dann die Frage beantworten, ob ich weiß, was sie meint? Es bleibt durch meine eigene Interpretation und Wahrnehmung stets die Gefahr bestehen, dass ich tatsächlich immer noch etwas anders verstehen können hätte als sie. Ich kann diese Frage weder guten Gewissens mit

»ja« noch mit »nein« beantworten. Das einzige, was ich als Antwort darauf zu bieten hätte, wäre: »Wenn Du der Annahme bist, dass an Deiner Ausführung etwas missverständlich gewesen wäre, dann versuche doch noch einmal genauer auf das Thema einzugehen. « Denn möglicherweise verbirgt sich hinter dieser Rückversicherung nichts Andres, als dass die mitteilende Person den Eindruck hat, in ihrer eigenen Ausführung unkonkret oder missverständlich gewesen zu sein. Es kann durchaus gefährlich werden die Nachfrage nach dem *wissen, was gemeint ist,* leichtfertig mit einem »ja« zu beantworten.

Eine ebenfalls sehr schöne Angewohnheit, die sich in unserer heutigen Gesprächsführung zunehmend etabliert, ist es, die eigene Aussage mit einem »Isso!« (zu Deutsch: Das ist so!) zu beenden. Hierbei wird sehr deutlich zum Ausdruck gebracht, dass jeder Widerspruch zwecklos ist, dass es sich bei dem Gesagten um eine absolute Wahrheit handelt. Das nach innen gerichtete Pendant zu »Isso!« ist die an sich selbst ausgestellte Bestätigung mit »Genau!«. Erst vor kurzer Zeit habe ich an einer Fortbildung in Nürnberg teilgenommen und hatte das Glück fünf Tage lang einem Dozenten lauschen zu dürfen, der gefühlt nach jeder zweiten Aussage im Anschluss kurz für sich feststellte, dass er tatsächlich das richtige sagte und dies stets mit einem wohlwollenden »Genau!« quittierte. In beiden Fällen kann man im Grunde nichts machen als schweigend anzuerkennen, dass man einem Feuerwerk in Stein gemeißelter Wahrheiten ausgesetzt ist. Mein Vater pflegte stets jeden Satz mit »nicht wahr« zu beenden, weshalb ich als Kind davon ausgegangen bin, dass er stets die Unwahrheit sagen müsste. Dies geschieht, wenn

Worte, die an recht unverdorbene Ohren gelangen tatsächlich wörtlich genommen werden.

Mit unserer Möglichkeit eine Sprache zu nutzen und uns komplex zu unterhalten, steht uns ein mächtiges Werkzeug zur Verfügung, welches zu einem hohen Anteil eher als Waffe anstatt als Wundermittel angewendet wird. Wir bezeichnen uns als Kommunikationsgesellschaft im Kommunikationszeitalter. Nun liegt es ausschließlich an uns, eine Sensibilität zu entwickeln, die es uns gestattet Kommunikation zum geistigen Wohlstand der Gesellschaft zu verwenden und uns somit zu einem tatsächlichen organischen Netzwerk zusammenwachsen zu lassen. Auch wenn es immer mal wieder vorkommen mag, dass auch hochrangige Politiker, die umso sorgfältiger in der Wahl ihrer Worte sein sollten, sich derart äußern, dass *Teile ihrer Antwort uns verunsichern könnten.* Isso!

Über Kunst

Im Laufe des Lebens ist mir eine stattliche Anzahl an Leuten begegnet, die sich künstlerisch betätigen, Künstler sind oder sich als solche bezeichnen. Für gewöhnlich ist das ein Prädikat, eine Auszeichnung oder eine ehrenhafte Titulierung. Es umgibt sie stets etwas Mystisches, Geheimnisvolles und manchmal Rätselhaftes. Zuweilen finden sich auch Exemplare unter ihnen wieder, denen aus lauter Verzweiflung nichts Andres mehr übrigbleibt, als sich »Künstler« zu nennen. Was hier zunächst argwöhnisch klingen mag, trifft bei mir jedoch auch auf Verständnis. Da ich mich selbst gerne zu den Künstlern zähle, finde ich hier einen passenden Ersatz für meinen fehlenden Doktortitel. Eine Bekannte, der ich einmal nach ihrem Umzug beim Aufhängen ihrer Gardinen behilflich war (incl. Bohren der Löcher zur Befestigung der Gardinenstangen), sagte nach vollendetem Tagewerk zu mir: »Nicht schlecht für einen Künstler.« Es juckte mich daraufhin in den Fingern, ihre Wände zu signieren. Die Herabwürdigung meiner handwerklichen Fähigkeiten bedeutet mir weniger als die daran gemessene Bestätigung meines Künstlertums.

»Ist das Kunst oder kann das weg?« ist eine gern gestellte und vermutlich witzig gemeinte Fragestellung bei der heutigen Betrachtung scheinbar dubioser Kreationen. Diese Frage überhaupt zu stellen, ist bereits das Eingeständnis des Betrachtenden, dass er sich mit der Beurteilung dessen, was Kunst ist, schwertut. Dies führt bereits zu der zentralen Frage dieses Kapitels, zu der ich mich als Künstler zumindest aus meiner Sichtweise heraus verpflichtet fühle.

Was ist Kunst? Interessanterweise schafft man es sogar, Menschen, die sich als Künstler bezeichnen, mit dieser Frage in Verlegenheit zu bringen und ich weiß auch, dass sich Kandidaten in meinem Umfeld befinden, die sich durch diese Frage provoziert und angegriffen fühlen würden, weshalb ich es mir auch für einen ganz besonderen Augenblick aufbewahren werde, denjenigen diese Frage zu stellen. Das beinhaltet Eskalationspotenzial für einen gesamten Abend. Ich persönlich durfte mich mit dieser Frage relativ unfreiwillig auseinandersetzen, da sie Klausurthema des Kunstunterrichts der Jahrgangsstufe 11 war. Manch einer mag nun staunen; es ist völlig richtig: Wir haben im Kunstunterricht nicht nur wirre Bilder gemalt, sondern durften auch umfangreiche schriftliche Arbeiten verfassen. Ich erinnere mich sehr gut daran, dass es in der Nachbesprechung zu dieser Klausur eine sehr angeregte Diskussion in der Frage gab, ob Kunst Können erfordert oder ob Können gar Kunst schafft. Natürlich lässt sich diese Frage stets sehr gut an dem Beispiel erörtern, welches Können es Joseph Beuys abverlangt hätte, seine Umwelt mit Butter einzufetten oder auch aus der anderen Perspektive betrachtet, weshalb es Kunst wäre für eine gut geschmierte Umgebung zu sorgen. Wenn wir uns einen begnadeten Pianisten vorstellen, der imstande ist, sämtliche im in Notenform vorgelegten Werke in Perfektion zu spielen, jedoch nicht mehr in der Lage ist auch nur den Hauch einer Melodie zu spielen, wenn man ihn des Notenblattes beraubt; kann man diesen Menschen dann als Künstler bezeichnen oder ist er einfach nur ein talentierter Handwerker? Nehmen wir den Bildmaler, der originalgetreue Abbilder von Motiven erstellen kann, die man ihm vorlegt, der jedoch ohne Vorlage keinen müden Pinselstrich mehr auf die Leinwand zaubern kann; kann man diesen Menschen als Künstler bezeichnen, oder doch nur als versierten Menschen im Umgang mit seinen Utensilien? Natürlich gibt es sie, die Menschen, die sowohl das entsprechende Können mitbringen, um vom Notenblatt zu spielen oder malerische Abbilder zu schaffen als auch die Fähigkeit, eigene Ideen zu verwirklichen, sei es in Form von Kompositionen oder darstellenden Kreationen. Das reine *Können* jedoch bildet keinen Garanten für die Entstehung von Kunst. Im Gegenzug mag es talentierte Autodidakten geben, denen es handwerklich nicht möglich ist, Orgelwerke von Bach ohne sie vorher zu kennen wiederzugeben, die jedoch auf der anderen Seite eindrucksvolle Eigenkompositionen erstellen. Ebenso mag es den Maler geben, dem es unmöglich ist, eine realistisch wirkende Projektion einer Landschaft zu erstellen, der dafür aber beeindruckende Impressionen aus Farben erzeugen kann. Das *Können* mag eine gute Basis sein, wenn es darum geht, Kunst zu erzeugen. Es kann aber ebenso betriebsblind machen und eine Blockade sein, weil der Kreativität durch das zwanghafte Einhalten der handwerklichen Prinzipien Grenzen gesetzt werden, die nicht durchbrochen werden können. Ich möchte meine These aber auch gerne noch einmal negativ ausformulieren, um eventuellen Missverständnissen vorzubeugen: Nicht jeder Könner ist kein Künstler und nicht jeder Nicht-Könner ist automatisch Künstler. Dies wäre für eine solch komplexe Fragestellung dann doch viel zu einfach gedacht.

Wenn wir einmal einen Blick auf unsere Stadtbilder werfen, dann stoßen wir dort häufig auf recht fragwürdige Gebilde und Skulpturen, die uns den Eindruck vermitteln sollen, dass wir von Kunst umgeben sind und unser Umfeld optisch aufwerten sollen. Es kommt nicht gerade selten vor, insbesondere in ländlichen Gebieten, dass ich hierzu Äußerungen höre wie »Was soll das denn sein?«, »Das soll wohl Kunst sein!«, »Das kann ich auch!« oder »Sieh dir diese Geldverschwendung an. Das wurde mit unseren Steuergeldern finanziert!« Es ist völlig selbsterklärend, dass insbesondere dann, wenn Geschmacksfragen ins Spiel kommen, jeder eine andere Sicht auf die Dinge hat. So mag es auch vorkommen, dass sich der eine oder andere Mitbürger beleidigt fühlt, wenn er tagtäglich auf seinem Weg zur Arbeit mit einem optischen Verbrechen konfrontiert wird. Den Künstler, der dieses Werk geschaffen hat, sieht man dann gerne dickbäuchig schnarchend um diese Zeit noch im Sessel liegend vor sich, während ihm der Knochen einer gierig heruntergeschlungenen Hähnchenkeule noch aus dem Halse ragt. Er hat sich an seinem Werk verdient gemacht, ausgesorgt und muss nicht mehr um diese unchristliche Zeit für miserables Gehalt ins Büro fahren, um sich dort die Zeit mit Idioten zu vertreiben. Ungeachtet dessen, das sich dieses Bild jedweder Realität entzieht, besteht die Gefahr, dass Neid und Missgunst entstehen. Gehen wir einmal vom schlechtesten Fall aus und unterstellen dem Erschaffer einer mutmaßlich als hässlich bewerteten Skulptur, dass er sich hintergründig nichts dabei gedacht habe und einfach nur eine inhaltlose, bedeutungsschwache und bizarre Form geschaffen habe, für die er eine stattliche Summe von

150.000 Euro erhalten hat und die nun das Bild einer beliebigen Stadt ziert. Ich müsste dem Künstler, der hier tätig war vor allem Eines zugestehen, nämlich, dass er nichts falsch gemacht hat. Zum einen hat er es geschafft, dass sich zumindest ein Teil der Betrachter damit beschäftigt, sei es auch nur, dass sie sich darüber ärgern. Das ist bereits ein Erfolg, denn dies schafft nicht jedes Kunstwerk. Darüber hinaus hat er durch die Höhe der Summe, die er dafür erhalten hat, einen bezeichnenden Zeiger auf die Wertigkeit des Geldes gerichtet, was wiederum den einen oder anderen zum Nachdenken anregen sollte, sei es, dass er sich ärgert oder aber zu einer weitaus höheren Erkenntnis gelangt und dadurch entspannen kann. Mit dem Blick auf das Konto des Künstlers lässt sich ebenfalls feststellen, dass er nichts falsch gemacht hat. Ich denke, dass hierbei deutlich wird, dass Kunst nicht durch ihr Dasein oder durch ihre reine Gestalt entsteht, sondern durch ihre Wirkung im Betrachter. Da jeder Betrachter wiederum sehr individuell veranlagt ist, ergibt sich eine scheinbar unendliche Anzahl von Betrachtungsweisen, was zur Erkenntnis führt, das etwas für den einen als Kunst wahrgenommen wird, sich dem anderen jedoch völlig als solche entzieht. Hierbei ist es fast unerheblich, welche Wirkung beim Betrachter hervorgerufen wird. Auch *erzeugte Wut* kann eine Reaktion sein. Nun kommt es jedoch äußerst selten vor, dass Menschen sich bewusst dazu entscheiden, die Ausstellung eines Künstlers oder eine Vernissage zu besuchen, mit dem Ziel sich an diesem Tage einmal besonders gepflegt aufzuregen oder wütend zu werden. Hier findet eine Selektion statt. Während große

Teile von uns unfreiwillig zum Betrachter künstlerisch inspirierter Kreationen werden, trifft man bei Kunstveranstaltungen zumeist auf diejenigen, die sich zu einer bewussten Auseinandersetzung mit Kunst entschieden haben. Doch auch hier ist Vorsicht geboten, denn zu gerne mischt sich unter diese Klientel, der Teil der Menschen, die gerne als solche gesehen werden oder aber sich selbst gerne im Dunstkreis künstlerischen Ambientes sehen lassen, da sie sich dort in einer Art elitärer Gesellschaft wähnen.

Und an dieser Stelle offenbart sich ein Widerspruch: Wie kann es sein, dass Kunst auf der einen Seite bewusst geächtet wird, auf der anderen Seite jedoch als Sinnbild höherer gesellschaftlicher Wertigkeit gilt? Es ist im Grunde ein altes Spiel, das sich hier auf anderer Ebene wiederholt. Der Geschäftsmann, der in seinem Heimatort allsonntäglich den Gottesdienst besucht, tut dies schließlich auch nicht aus Ehrfurcht vor Gott. Wie wäre er sonst Geschäftsmann geworden? (Den Begriff *Gott* verwende ich an dieser Stelle nicht zur Bezeichnung einer allmächtigen transzendentalen Kreatur, sondern als Synonym für eine zu ehrende Mutter Erde)

Was ist nun Kunst? Für mich steht fest: Der Kunst liegt *immer* ein kreativer und schöpferischer Prozess zugrunde aus dessen Kraft ein Werk entsteht, welches dazu auffordert, *Wahrheit* zu erkennen. Und da es keine endgültigen Wahrheiten gibt, ist jede Form von Kunst ein temporärer Schnappschuss, der im besten Falle einen progressiven Verlauf nach sich zieht, der jegliche Dinge zum Besseren wendet und dabei Menschwerdung und Menschsein ein Stückweit zur Formvollendung heranreifen lässt.

Die Brücke, welche die Kunst mit der Kultur verbindet, ist eine der Kürzesten, sofern sie überhaupt vorhanden ist und nicht beides unzertrennbar miteinander verbunden ist. Aus diesem Grunde erscheint es mir nur logisch, mit diesem Thema anzuschließen.

Es müsste wohl etwa im Jahre 1998 gewesen sein, als ich Zeuge eines sehr interessanten und aufschlussreichen Berichts im Radio werden durfte. Die zentrale Fragestellung, die dort zur Diskussion stand, lautete: »Was ist Kultur?«

Ich empfinde es immer wieder als spannend, wenn es um die konkrete Definition von Begrifflichkeiten geht, die wir mit einem Selbstverständnis in unseren täglichen Sprachgebrauch eingebunden haben und deren Beantwortung Potenzial für einen gesamten Thementag bietet. Bis heute erinnere ich mich an eine These zum Thema Kultur, die an jenem Tag zur Sprache gekommen ist und auf deren Basis dieses Kapitel fußen soll: »Kultur beginnt mit der Pflege des Menschen!« Natürlich kann man nun assoziativ an einen mit Pflegeartikeln prall gefüllten Kulturbeutel denken und sagen, dass dies logisch erscheint; viel mehr Spaß bereitet es aber, dieser Aussage etwas auf den Grund zu gehen und sie näher zu betrachten.

Die »Pflege des Menschen« ist -man verzeihe mir an dieser Stelle die aus Ermangelung einer besseren Umschreibung verwendete und ausgemergelte Metapher- ein weites Feld. Sie beinhaltet neben der Art und Weise, wie wir uns selbst (also persönlich) behandeln, ebenso unsere Umgangsweise mit Mitmenschen und uns nahestehenden Personen. Dass wir beispielsweise Familienangehörigen im hohen Alter, die nicht mehr aus eigener Kraft ihr Leben organisieren und gestalten können, Pflege zuteilwerden lassen, ist ein Bestandteil von Kultur. Dass wir uns bemühen, Menschen am Ende ihres Lebens zu einem würdigen Ableben zu verhelfen, ist Bestandteil von Kultur. Die Pflege einer Grabstätte und damit die Erhaltung einer Gedenkstätte für einen verstorbenen Angehörigen oder Freund stellt eine kulturelle Handlung dar. Natürlich schafft es hierbei nicht jede Grabstätte Bestandteil des Weltkulturerbes zu werden wie die Pyramiden von Gizeh, aber dass wir uns um eine Nachsorge uns lieb gewonnener Menschen, die aus dem Leben geschieden sind, bemühen, unterscheidet uns von weiten Teilen des Tierreichs.

Nun wäre es jedoch eine recht traurige Angelegenheit, Kultur ausschließlich über den Umgang mit unseren sterblichen Überresten zu definieren. Vordergründig verbinden wir hiermit doch zumeist Positives. Wenn eine Sache »Kultstatus« erreicht, denn erfreut sie sich in der Regel hoher Beliebtheit und nur Dinge, die wir mögen sind hierzu für gewöhnlich prädestiniert. Wenn wir ein »kulturelles Programm« genießen, sei es in Form von literarischen, musischen oder anderweitig künstlerisch gelagerten Veranstaltungen, dann bereichern wir uns geistig und partizipieren an irdischen Freuden, die sich nicht auf die reine Fleischeslust reduzieren. Und weil sich an dieser Stelle der Kreis vorzüglich im Bezug zur Kunst schließt, möchte ich die Zusammenhänge noch weiter verdichten, indem ich behaupte, dass wir durch Kultur unser Seelenheil pflegen und somit auch wiederum uns als Menschen pflegen. Der positive Charakter der Kultur kommt oft auch darin zum Ausdruck, dass wir negativ behaftete Begriffe in einen kulturellen Kontext bringen, um sie aufzuwerten, beispielsweise mit dem Euphemismus der »Streitkultur«. Wer eine Streitkultur etabliert, der bekennt sich zu einem kritischen aber pfleglichen Umgang miteinander in Krisensituationen. Ein Meister, der diese *Kunst* beherrscht, darf sich wohl zurecht als *kultiviert* bezeichnen. An dieser Stelle entsteht eine Brücke zum bereits angesprochenen Thema *Kommunikation*, welche mich zur Erwähnung eines hochmodernen Begriffs verführt: »Multikulti«.

Was als Wort ausgeschrieben optisch als hübsch anzusehen erscheint, ist ein Prädikat, welches ebenfalls gerne im positiven Sinne verwendet wird, da es schließlich eine gewisse Weltoffenheit propagiert, die ihrerseits wiederum auf Rückschlüsse auf Kultiviertheit zulässt. Im multikulturellen Umgang miteinander sind Toleranz und Akzeptanz ebenso wie Respekt zentrale Schlüsselwörter. Nicht selten erfordert der interkulturelle Austausch die Fähigkeit, seine eigene Weltsicht für einen Augenblick in den Hintergrund zu stellen, um einen wertfreien Zugang in die Welt des »Anderskulturellen« zu bekommen. Die große *Kunst* besteht hierbei darin, vorurteilsbefreit aufeinander zuzugehen. Damit dies gelingen kann, ist eine *pflegliche* Verhaltensweise die grundsätzliche Voraussetzung. Missverständnisse sind jedoch auch hier, selbst bei strengster Einhaltung aller Regeln vorprogrammiert und fördern im Idealfalle die Sensibilität für -Sie ahnen es bereits- die *Kommunikation*. Warum diese Worte-einmal zur Niederschrift gebracht- in ihrer Gesamtheit plötzlich so logisch erscheinen, entzieht sich jedoch meiner Kenntnis. Offensichtlich bleibt jedoch die Einsicht, dass sich hinter »multikulti« weitaus mehr verbirgt, als ein Dönerteller mit Pommes Frites und Ketchup zu offenbaren vermag. Am wenigsten funktioniert das Zusammenwachsen verschiedener Kulturen meiner Meinung nach übrigens dann, wenn religiöse Positionen gegenübergestellt werden und so möchte ich in diesem Zusammenhang auch nicht unerwähnt lassen, dass sich noch keine Kultur nachhaltig durch kriegerische Aktionen etablieren konnte, auch wenn der Begriff »Kriegskunst« bereits durch Gaius Julius Caesar geprägt wurde.

Im Folgenden möchte ich gerne auf die Entwicklung unserer Kultur im digitalen Zeitalter eingehen. Vielleicht lässt sich bereits erahnen, dass ich es hier nicht sonderlich gut bestellt sehe.

Das mutmaßlich von da Vinci stammende Gemälde »Salvator Mundi« erzielte jüngst bei einer Versteigerung im Hause Christie's (!) eine Rekordsumme von 450 Millionen Dollar und wechselte in den Besitz an eines anonymen Bieters, von dem angenommen wird, dass er sich zur Gesellschaft russischer Milliardäre zählen darf. Dieser Herr oder diese Dame wird sicherlich von der Motivation angetrieben worden sein, die karge Wand einer Essecke zukünftig mit einem Stück Kulturgut verschönern zu wollen. Vermutlich hatte er sich an den wechselnden Motiven seines digitalen Bilderrahmens aus dem Wühltisch eines Billig-Discounters sattgesehen. Es sei dem Bieter gegönnt; möge er seine Freude an dem erworbenen Artikel haben. Manchmal muss ein Extrembeispiel herhalten, um auf einen konkreten Sachverhalt hinzuweisen. Kultur und die Teilnahme an kulturellen Unternehmungen entwickeln sich zunehmend zu einem Luxusgut, das nicht mehr jedem Menschen zur Verfügung steht. Dabei ist es neben der Bildung aber eben auch das Partizipieren an kulturellem Gut, welches möglichst frei für jeden verfügbar sein sollte. Dies bedeutet natürlich nicht, dass jedem Menschen zur kulturellen Bereicherung ein persönlicher Da Vinci zur Verfügung gestellt werden sollte -materieller Besitz ist schließlich nicht Bedingung für kulturelle Teilnahme- doch sollte Kultur unabhängig des gesellschaftlichen Status' gepflegt werden, um den Austausch innerhalb der Gesellschaft zu einem fließenden Prozess zu gestalten. Leider sind es aber eben auch die digitalen Medien, die uns das Miteinander wenig schmackhaft machen. Der gemeinsame Kinobesuch wurde ersetzt durch das einsame Nutzen von Streamingdiensten; das gemeinsame Zelebrieren selbst aufgelegter Schallplatten wurde ersetzt durch das einsame Tragen von Kopfhörern, durch die dünne MP3-Dateien klirren; das gemeinsame Gespräch am »Stammtisch« weitestgehend abgelöst durch einsames Bedienen von Chatfenstern. Alles mag jederzeit greifbar und verfügbar sein, aber Alles wurde auch seines kulturellen Aspektes beraubt, welcher sich in der gemeinsamen Betätigung in der realen Welt darstellt und gleichermaßen die Pflege sozialen Umgangs bedeutet und somit wiederum kulturelles Gut ist. Wenn sich diese Entwicklung so fortführt- und das wird sie- dann werden Lebensformen nach der Menschheit bei ihren archäologischen Grabungen auf Unmengen von Nullen und Einsen treffen, die sie sehr mühevoll wieder zusammensetzen müssen. Das ist sicherlich nicht unser Problem, aber unser Zeugnis, welches wir von uns hinterlassen. (Ich höre beim Schreiben dieser Zeilen soeben im Radio, dass das Haus des verstorbenen Schriftstellers

Siegfried Lenz abgerissen werden soll. Es wird sicherlich Platz für eine weitere McDonalds-Filiale benötigt.) Es ist das Schicksal einer jeden Hochkultur, dass sie sich selbst wieder zerstört. In jeglicher Hinsicht, sei es im Umgang mit uns selbst oder im Umgang mit unserer Umwelt sind wir dabei, das pflegliche Maß zu verlieren und uns aufzulösen. Bedauerlich ist dies gerade deshalb, weil wir nie mehr Möglichkeiten zur Verfügung hatten, uns zu bewahren und zu schützen. Doch was nutzen alle diese Gaben und Errungenschaften, wenn die Pflege des Menschen zunehmend an Bedeutung verliert? Eine Rückbesinnung auf unsere Kultur wird kaum mehr stattfinden können, nachdem sie ihren Zenit überschritten hat und unweigerlich ihrem Untergang entgegensteuert. Werfen wir doch lieber noch kurz einen Blick auf das »Glück«, um den Tiefpunkt in diesem Buch schnell zu überwinden.

Über Glück

Es liegt wohl in der Natur des Menschen, dass ein jeder, der unter Leben mehr versteht als nur auf den Tod zu warten, früher oder später auf der Suche nach dem Glück ist und sich dadurch auf seinen Irrwegen irgendwann einmal mit der Frage beschäftigt, worin das »Glück« denn besteht. Das Glück ausschließlich über die Abwesenheit von Pech zu definieren, erweist sich als dürftig, um nicht zu sagen als *unglücklich*. Es hingegen festzuhalten, um es in aller Ruhe zu betrachten und dann beschreiben zu können, erscheint unmöglich. Davon auszugehen, dass sich das Glück als ein dauerhafter Zustand einstellen könnte, würde es unmöglich machen, es schätzen und empfinden zu können.

Ich möchte diesen Beitrag im Folgenden zu etwas Lockerheit verhelfen und gestatte mir an dieser Stelle mit einer kleinen Erzählung fortzufahren, die ich im Kapitel zu den sozialen Netzwerken bereits einmal kurz angeschnitten habe.

Wenn ich mich auf glückliche Momente in meinem bisherigen Leben zurückbesinne, komme ich nicht an der Zeit um das Jahr 1984 vorbei, die ich im Raum Viersen-Dülken am linken Niederrhein verbracht habe. Vermutlich habe ich das bereits mehrmals erwähnt, aber daran zeigt sich auch, welchen Eindruck diese Zeit bei mir hinterlassen hat. Es war eine verrückte Zeit, die obwohl man vornehmlich schwarze Kleidung trug und die ebenfalls schwarz gefärbten Haare hochtoupiert hatte, eine gleichzeitig seelisch auch sehr bunte Zeit. Ich erinnere mich sehr gerne daran, dass wir auch noch lange nach Schulschluss gemeinsam an der Raucherecke verweilten, selbst aufgenommene Kassetten aus basslastigen Radiorekordern hörten, uns billiges Dosenbier beim Getränkemarkt erschlichen, der etwa einhundert Meter entfernt lag und unsere Zeit im Wesentlichen damit verbrachten, *cool* zu sein. Für gewöhnlich verteilten wir uns dann später in der Stadt und trafen uns am Brunnen auf dem Marktplatz mit weiteren Leuten, die größtenteils auf Punk gebürstet waren, um bis in die Abendstunden dem Stadtbild unseren Stempel aufzuprägen und das Revier zu markieren. Es gab nahezu keinen Zeitpunkt, an dem man nicht zum Brunnen hätte gehen können, ohne dort seinesgleichen anzutreffen. Selbstverständlich haben wir effektiv nichts geleistet mit unserem Dasein und unsere Gemeinschaft diente ausschließlich dazu, dem Gefühl der Freiheit und Sorglosigkeit Ausdruck zu verleihen. Selbstverständlich gehörte es zum Grundtenor gegen alles zu sein, was politisch *rechts* angesiedelt war und dies auch deutlich zu zeigen. Wenn wir hingegen als *linkes Pack* verschrien wurden, so nahmen wir dies eher als hohe Auszeichnung zur Kenntnis. Denke ich an diese Zeit zurück, so drängen sich Düfte, Bilder, Gefühle in mir auf, die ich allesamt mit dem Prädikat »glücklich« verbinde. So wirkt es sicherlich wenig verwunderlich, dass ich der Musik zur damaligen Zeit bis heute hin treu geblieben bin, vermag sie es schließlich wie keine andere, Emotionen in mir freizusetzen, die ich mit »Glück« verbinde. Erstaunt über die Erkenntnis, wie rasch doch die Zeit vergangen war, fühlte ich mich mit Anfang vierzig dazu veranlasst, jenen Haufen erneut zusammenzuführen, da ich davon ausging, dass vermutlich allen Beteiligten der schönen Jugendzeit etwas

»Glück« zu erleben keinesfalls schaden dürfte. Nachdem ich meine Idee in einer Einladung ausformuliert und versandt hatte, regte sich zögerliches Interesse, welches schlussendlich dazu führte, dass wohl doch eine Hand voll Leute zusagten und meinen Mühen zufolge wenigstens ein kleines Treffen zustande kam. Um nichts dem Zufall zu überlassen und für ein möglichst originalgetreues Ambiente zur Veranstaltung zu sorgen, ersteigerte ich in einem Online-Auktionshaus für vierundzwanzig Euro einen alten Stereo-Radiorekorder und erwarb ebenso einen Zehnerpack leerer Audiokassetten. In den kommenden Wochen war ich damit beschäftigt, die Kassetten mit Musik zu beleben und zwar gemäß der Regel: Alles ausschließlich von Vinyl-Schallplatte und das Erscheinungsdatum durfte das Jahr 1984 nicht überschritten haben. Insgesamt sechs mal neunzig Minuten habe ich füllen können. Da ich am Tage unseres Treffens davon ausging, dass wir uns sicherlich die ganze Nacht am Brunnen aufhalten und dort stapelweise 24er-Paletten Dosenbier vernichten würden, füllte ich meinen Rucksack sicherheitshalber mit drei kompletten Sätzen Ersatzbatterien zu je fünfzehn Euro. Wenn man das Glück herausfordern will, dann darf man schließlich nichts dem Zufall überlassen! Vor meiner Abreise gab es deshalb auch noch eine Generalprobe. Kassette eingelegt, Play-Taste betätigt, Lautstärkeregler aufgedreht; New Order »Blue Monday«, alles wie geschmiert. Um fünfzehn Uhr waren wir an der Raucherecke verabredet und da ich aufgeregt war und dort vorher noch nach dem Rechten sehen wollte, war ich bereits gegen zwölf Uhr da, um mit großem Erschrecken feststellen zu müssen, dass dort, wo früher die Raucherecke war, nun eine Baustelle für Unzugänglichkeit sorgte. Der Getränkemarkt, welcher uns früher versorgte, war bereits seit mindestens fünfzehn Jahren geschlossen. Seine Fassade war von Rissen durchgezogen, halb abgerissene Werbeplakate bereits vergangenen Ü-30-Parties versuchten sich als Dekoration. Menschenleere Gegend. Unbeseelt.

Ich ging zurück zum Bahnhof, weil ich dort mit Robert verabredet war und es stellte sich heraus, dass zumindest er der »gute Alte« geblieben war, den ich mir insgeheim erhoffte. Etwa eineinhalb Jahre zuvor hatte ich mit dem Rauchen aufgehört. Nun war es aber undenkbar, sich ohne Kippen an der Raucherecke zu treffen, weshalb wir auf dem Weg zurück dorthin an einem Kiosk Halt machten, um uns mit Rauchware und ersten kleinen Muntermachern zu versorgen. Am Ziel angekommen, prosteten wir uns zu und zündeten uns die ersten Glimmstängel an. Es war nun an der Zeit, diesen Augenblick mit dem Einschalten meines Kassettenrekorders zu veredeln und es auf dem Schulhof so richtig schön krachen zu lassen wie früher. Auf diesen Augenblick hatte ich so lange gewartet und ich denke man konnte den Stolz in meinen leicht feucht glänzenden Augen erahnen. Mit Betätigung der Start-Taste erklang ein dumpfes Brummen, gefolgt von einem sich in Sekunden verlangsamenden Leiern, bevor mein kleines Schätzchen seinen letzten Lebensatem aushauchte und seinen Dienst unwiderruflich (auch nicht durch Austausch der Batterien) einstellte. Es gibt Momente, in denen stimmt einfach Alles. Dieser war es nicht. Das Thema Musik hören hatte sich soeben von selbst erledigt und ich spürte wie meine Halsschlagadern sich verdickten bei der Vorstellung, dass irgendjemand der gleich noch sicherlich ankommenden Personen mit dem Vorschlag zu begeistern versuchte, doch ein Smartphone zur musikalischen Beschallung zu verwenden. Nein! Das passte nicht in mein Glücks-Set-Up! Es sollten tatsächlich noch drei weitere Leute erscheinen. Den Anfang machte *Maus*. Damals einer der hartgesottensten Punks. Er näherte sich zögerlich, während Robert und ich uns ansahen und uns gleichzeitig einig darüber waren, dass diese Person *da hinten* bestimmt nicht zu uns käme. Es war trotzdem *Maus*. Brav war er geworden. Aber immerhin hatte er *Tavor* dabei. Mit Markus und Jürgen waren wir dann vollzählig und ich drängte darauf, dass wir nun doch zum Brunnen gehen sollten, nachdem wir hier ein paar Begrüßungszigaretten geraucht hätten. Mein Vorschlag wurde angenommen und Maus nahm uns in seinem Auto mit dorthin. Mit dem Auto!! Ich hatte mir vorgestellt, dass wir grölend durch die Stadt laufen und lautstark die Rückkehr der Vergangenheit verkünden würden. Am Brunnen angekommen musste ich feststellen, dass dort nichts (und ich meine wirklich: absolut nichts) los war. Die beste Revolution erweist sich als wirkungslos, wenn sie niemand zur Kenntnis nimmt. Wir entschlossen uns also ins *Passe* zu gehen, jener Szenekneipe, in der früher der Mob auf den Tischen tanzte und es galt sich einen Platz zu erkämpfen. Tatsächlich gab es den Laden auch noch. Drinnen saßen zwei Herren des Jahrgangs 1928, die schweigend über ihren halbleeren Altbiergläsern eingeschlafen zu sein schienen, während samstägliche Bundesliga-Spiele auf einem großen Monitor übertragen wurden. Die sichtlich müde wirkende Dame hinter der Theke freute sich tatsächlich über unseren Besuch und verkündete nahezu stolz, dass in ihrem Laden geraucht werden dürfe. Rechtlich sei das zwar nicht in Ordnung, aber da würde man hier nichts drum geben. Die Situation erhielt dadurch den Hauch von etwas Punk. Also rauchten wir, tranken Bier und schauten Fußball. Für den Abend hatte ich uns in einem (zu gehobenen) Restaurant einen Tisch reserviert, damit wir uns noch etwas stärken könnten, bevor es im Anschluss zu einer Ü-40 Party ging. Als wir mit dem Taxi bereits ordentlich angeschickert dort eintrafen, überraschte uns plötzlich Friedel mit seiner Anwesenheit als spät hinzugekommener Gast. Er ließ es sich nicht nehmen, ungefragt die Rolle des Dirigenten zu übernehmen und seine sonore und laute Stimme übertönte das gesamte Gespräch unseres Tisches mit der Folge, dass auch der letzte Gast in der hintersten Ecke des Restaurants vollständig über unsere Vergangenheitsberichte aus seinem Mund aufgeklärt wurde. Die Stimmung drohte *geringfügig* zu kippen. Da man mir vermutlich meine ersten Wutpocken im Gesicht ansehen konnte, überreichte mir Maus unter dem Tisch augenzwinkernd eine *Barschels Beste*, mit den Worten »Gleich iss besser«. Da wir alle -bis auf Friedel- sichtlich genervt waren, schlangen wir hastig unsere zartrosa Rinderfilets hinunter und beglichen unsere Schuld mit hervorgezückten Kreditkarten, um uns danach auf den Weg zur Party zu machen. Währenddessen kam uns Friedel abhanden und war klammheimlich verschwunden, was dem Abend kurzfristig zu etwas Aufschwung verhalf. Es muss wohl gegen 23 Uhr gewesen sein, als wir uns alle gemeinsam auf der Tanzfläche wiederfanden. Stehend, vollgefressen, unbeweglich und ins

»Nichts« starrend. Jürgen kam eine gefühlte Stunde später auf die glorreiche Idee, dass wir den Abend dann auch bei ihm zu Hause verbringen könnten, schließlich hätte er einen Billardtisch im Partyraum und wir könnten dort ungestört weiterfeiern. Natürlich stimmten alle zu, denn sein Vorschlag versprach »Gemütlichkeit«.

Nach den ersten zwei Runden Billard rollte Maus seinen Schlafsack aus und legte sich hin. Ich fütterte ihn später im Halbschlaf noch mit einer Fertiglasagne aus der Aluschale, die ich provisorisch auf einer Herdplatte zuvor erhitzt hatte. Allmählich kehrte Ruhe ein auf Waltons Mountain. Jürgen hatte sich längst verzogen und lag vermutlich warm eingekuschelt in seinem Ehebett. Er war so gut, mir vorher noch eine Luftmatratze zur Verfügung zu stellen. Da ich zur Vermeidung von Doppelbildern meine Umgebung nur noch ausschließlich durch ein Auge betrachtete, fehlt mir heute die räumliche Vorstellung in welcher Ecke wohl Markus und Robert ihre Ruhestätte gefunden hatten. Ich erwachte nach einem kurzen und sehr oberflächlichen Schlaf und sah, dass nur noch Markus und Maus anwesend waren, die jedoch schon im Begriff waren, aufzubrechen.

»Das müssen wir aber nochmal wiederholen!« hörte ich Maus, dessen weißes T-Shirt großzügig mit Tomatensauce verziert war, im Weggehen noch sagen.

»Unbedingt« stammelte ich leise in mich hinein. Es kann auch sein, dass ich es nur dachte. Man hört da ja nicht so genau hin. Ich räumte auf, leerte die Aschenbecher, sammelte das Leergut ein, um es zentral abzustellen, ließ die Luft aus den Luftmatratzen und legte sie säuberlich zusammen. Ich hätte sogar noch die Lust entwickeln können, einmal komplett durchzufegen, weil ich wollte, dass Jürgens Frau vielleicht später denken würde »Mensch, das war aber eine ordentliche Truppe!« Ich ließ aber davon ab. Einmal nicht Everybody's Darling sein. Es war ein sehr schöner Morgen, bei klarem Himmel und einer noch tiefstehenden aber doch sehr berührenden Sonne. Da ich keinen konkreten Rückfahrplan für mich ausgearbeitet hatte, zog es mich noch einmal alleine zum Brunnen am Markt. Den Spaziergang dorthin empfand ich als äußerst angenehm. Es war sehr ruhig in der Stadt und ich musste mich wundern, dass es noch ruhiger vonstattengehen konnte, als ich es gestern bereits erlebt hatte. Dann geschah etwas Sonderbares: Ich nahm Platz auf dem Gemäuer des Brunnens, starrte auf den leeren Marktplatz, während ich mir die Sonne ins Gesicht scheinen ließ und hielt einen Moment inne. Als würde eine süße Energie durch meinen Körper strömen, flossen mit einem Male Erinnerungen durch meinen Kopf aus vergangenen Tagen. Ich schloss die Augen und konnte all die Leute reden hören, die sich damals hier versammelt hatten, spürte ihre Nähe, ihre Luftzüge, die sie mit ihren Bewegungen verursachten, glaubte sie lachen zu hören, nahm die Gerüche von Haarlack, Patchouli und Export-Bier wahr. Ich wusste, dass genau dies der Moment war, den ich erleben wollte, als ich mich dazu entschloss, das Treffen zu organisieren. Ich fragte mich, ob es wohl das Schnellrestaurant von damals noch gab. *Pommes mit hausgemachter Schlemmersauce* für »Einsfuffzich«. Um dies herauszufinden marschierte ich die Fußgängerzone hinauf und fand an der Stelle eine Lokalität, die sich wohl seit dreißig Jahren nicht verändert hatte und in der die Zeit scheinbar stehengeblieben war. Es waren einzig die Preise, die nun nach Euro statt nach D-Mark verlangten, die dem Wandel der Zeit gefolgt waren. Als ich eintrat, erklang »Friday, I'm in Love« von The Cure aus dem Radio. Ich war am Ziel angekommen und meine kleine Geschichte endet hier. Was dies mit »Glück« zu tun hat, das möchte ich an dieser Stelle einfach offenlassen, um zu vermeiden, dass ich mich bei der Erklärung sehr klischeehafter und abgedroschener Floskeln bedienen würde. Ich bin recht überzeugt davon, dass sich die Moral meiner Geschichte auch ohne Interpretationshilfe erschließen kann. Ich wollte bei meinen Ausführungen zum »Glück« ursprünglich auch auf das Thema eingehen, wie wichtig es zum Erleben von Glück doch ist, sich selbst zu lieben, sich anzunehmen, wie man ist und lieber »alles zu sein« anstatt »alles zu haben«. Mit der simplen Erwähnung dessen, erscheint es mir aber nunmehr als selbsterklärend, welche Bedeutung hiervon ausgeht. Ich habe kein allgemeingültiges Patentrezept für das Erreichen des Glücks. Vielleicht kann man das Leben als ein mühevolles Schwimmen durch einen Ozean mit hohem Wellengang betrachten, der durchsetzt ist mit kleinen Inseln, die zwischendurch zum Verschnaufen einladen und uns hierdurch glückliche Momente schenken. Manchmal mag es vorkommen, dass der Weg zwischen zwei Inseln etwas länger ist und wir glauben, kapitulieren zu müssen, dabei könnte es sein, dass der Boden unter unseren Füßen bereits näher ist, als wir annehmen und unsere Sicht nur durch das Brennen des Salzwassers in unseren Augen eingeschränkt. Da waren sie dann doch noch: die klischeehaften Bilder. Zum *Glück* ist hier bereits das Ende.

Über den Tod

D as Beste kommt bekanntlich zum Schluss. Oder, da wir gerade erst vom Glück sprachen: Wenn es am schönsten ist, soll man aufhören. Es mag etwas überraschend wirken, dass ich im letzten Kapitel dieses Buches dann doch noch mit einer uneingeschränkten Wahrheit daherkomme: Wir werden *alle* sterben! Todsicher! Es soll Menschen geben, die sich Zeit ihres Lebens ausschließlich damit beschäftigen, dass eines Tages der Moment unausweichlich da ist, an dem wir für immer »Auf Wiedersehen« sagen müssen. Dies scheint gar nicht so unbegründet zu sein, da wir mit jeder verstrichenen Sekunde diesem finalen Ziel – der höchsten Form der Kohärenz- in rasanter Geschwindigkeit näherkommen. Da ich selbst lange Zeit von diesem lebenseinschränkenden Zwangsgedanken befallen war, darf ich davon berichten, dass dieser Zustand alles andere als befriedigend ist. Interessanterweise konnte ich mich davon losreißen, als ich etwa meine statistische Lebensmitte erreicht hatte. Bis zu diesem Zeitpunkt war ich ohnehin davon ausgegangen, dass ich diese vermutlich nicht erreichen würde und nachdem ich feststellen musste, dass ich mich geirrt hatte, setzte bei mir eine Grundhaltung ein, die man am besten mit dem Satz beschreiben könnte: »Ach komm, bis hierhin ist die Kiste erledigt, den Rest bekommst du auch noch hin.« Der Rest! Das ist so der abgeknabberte Knochen vom Kotelette, der gelangweilt auf einem saucenverschmierten Teller liegt. Die wesentlichen Stationen im Leben hat man passiert. Im Alter von vierzehn freute man sich darauf fünfzehn Jahre alt zu werden, weil man dann endlich Mofa fahren konnte. Das Jahr hat sich unendlich gezogen. Dann konnte man sich darauf freuen, mit sechzehn endlich rauchen zu dürfen und bis vierundzwanzig Uhr ohne Begleitung eines Erziehungsberechtigten in einer Gaststätte ein Bier einzunehmen. Ganz zu schweigen davon, wie sehr sich die Zeit bis zum achtzehnten Lebensjahr gedehnt hat, weil man sich so sehr darauf freute, nun ohne zu Hause mitteilen zu müssen, wo man sich überhaupt aufhielt, gar nicht erst vor dem Morgen zurückzukommen. Den Führerschein machen, Auto fahren; die Liste all der Dinge, die einem noch bevorstanden und das Tor zur Welt öffneten erschien unendlich. Nun bin ich fünfundvierzig Jahre alt. Ich gehe nicht mehr aus, trinke seit einiger Zeit keinen Alkohol mehr und fahre seit Jahren kein Auto. Ich sitze im Bürostuhl und freue mich täglich auf den Feierabend. Ich war verheiratet und bin geschieden. In fünfzehn Jahren könnte ich theoretisch sechzig Jahre alt werden. Das sind noch fünfzehnmal Weihnachten, Ostern, Geburtstag, Karneval und Sylvester. Das ist sehr überschaubar und geht enorm schnell, aber es bietet ausreichend Zeit, sich dabei zu beobachten, wie das Haupthaar dünner und grauer, die Augenlieder schlüpfriger, die Haut faltiger, der Körper unförmiger, die Kondition schlechter, die Gelenke starrer und die Brillengläser dicker werden. Der Rest! »Jeder Tag ist der Anfang vom Rest Deines Lebens! « Das ist ein wunderschöner Spruch, der uns einmal bei einer Andacht im Klosterinternat eingetrichtert wurde. Mich hat es damals sehr deprimiert, dass ich wohl in bereits sehr jungen Jahren scheinbar im Restleben angekommen war. Glücklicherweise hat mich dieser Satz nicht prägend beeinflusst, aber für ein paar Tage habe ich mir schon Gedanken darüber gemacht, welche Reserven ich nun wohl aktivieren müsste, um diesen Rest der verbleibenden irdischen Zeit zu verleben. Wenn mir sonntagsnachmittags ein Mensch noch ein »schönes Restwochenende« wünscht, dann kann es passieren, dass meine Laune umschlägt. Er meint es sicherlich gut, merkt aber nicht, welchen negativen Stempel er meiner noch verbleibenden Erholungszeit aufdrückt. Und ebenso wenig möchte auch ich, wenn ich in die Zukunft blicke, von meinem *Restleben* sprechen. Es ist natürlich sehr bedauerlich, wie sich unser Zeitempfinden verändert. In dem Augenblick, da wir beginnen unser Leben ausgerichtet auf einen monatlichen Gehaltseingang zu takten, beginnen die Jahre zu verfliegen. Ich muss an dieser Stelle einen kleinen Umweg über das Zeitempfinden gehen, um den Anschluss an das eigentliche Thema, den Tod, wieder zu herzustellen. Hier insbesondere unter der Fragestellung, was *danach* kommt. Hierzu möchte ich zunächst erwähnen, dass ich zwischen der *gelebten Zeit* und der *erlebten Zeit* unterscheide. Wenn Sie sich vorstellen, Sie müssten eine Woche isoliert in einer engen Gefängniszelle verbringen und diese Zeit mit einer Woche Urlaub in der Karibik bei weißem Stand und türkisfarbenem Meer vergleichen, dann haben Sie in beiden Fällen die gleiche gelebte Zeit verbracht, können jedoch enorme Unterschiede in der erlebten Zeit feststellen. Ihr Bewusstsein spielt hierbei eine zentrale Rolle. Bewusstsein erfordert die Existenz von Zeit und ist ohne Vergangenheit und Zukunft nicht möglich. Während Sie sich in der Gefängniszelle vermutlich das rasche Ende der Woche, also einem zukünftigen Zeitpunkt herbeisehnen, werden Sie unter strahlend blauem Himmel und angenehmem Sonnenschein mit Sicherheit darauf hoffen, dass das Ende der Woche sich so weit wie möglich in die Länge zieht und Sie sich eine Ausdehnung der gelebten Zeit wünschen. Daraus wird leider nichts werden. Sobald das Glück (unsere Inseln aus dem vorangegangenen Kapitel) Überhand in Ihrem Leben nimmt, verkürzt sich die erlebte Zeit dramatisch. Streng genommen ist das Pech. Das Verhältnis von gelebter Zeit zu erlebter Zeit ist stets gebunden am qualitativen Zustand unseres Bewusstseins. Es kann sich jedoch umkehren, wenn unser Bewusstsein eine andere Gestalt annimmt. Hierzu möchte ich ein Beispiel anführen, welches ich selbst erleben durfte.

Eines Nachts wachte ich aus einem unruhigen Schlaf auf und verspürte eine mir bis dahin unbekannte Art von Übelkeit. Da ich glaubte mich übergeben zu müssen, entschied ich mich dazu ins Bad zu gehen, um drohendes Unheil zu vermeiden. Auf dem Weg dorthin musste ich feststellen, dass mein Blickwinkel sehr eingeschränkt war. Man würde vermutlich von einem Tunnelblick sprechen, zumindest würde dieser Begriff ziemlich genau beschreiben, wie ich meine Umgebung in diesem Augenblick wahrgenommen habe. Trotz weiterhin bestehender Übelkeit, kam es nicht dazu, dass ich mich übergab. So entschied ich mich dazu lieber schnell wieder das Bett aufzusuchen und fiel dort sehr schnell in einen Schlafzustand, in dem ich sehr lange und intensiv träumte. Im Traum durchlebte ich eine äußerst bildhafte und realistische Geschichte, die plötzlich und völlig unerwartet unterbrochen wurde, als ich durch einen ohrenbetäubenden Krach verbunden mit einem erschütternden Schlag auf den Kopf wieder erwachte. Sehr verwundert musste ich feststellen, dass ich gar nicht in meinem Bett, sondern im Wohnzimmer zwischen Couch und Tisch lag. Anstatt den Weg zurück ins Bett gefunden zu haben, war ich auf halber Strecke ohnmächtig geworden. Während mein Körper vermutlich etwa zwei Sekunden benötigte, bis er auf dem Boden aufschlug, durchlebte ich einen kompletten Traum in Spielfilmlänge. Das Verhältnis von *gelebter Zeit* und *erlebter Zeit* hatte sich umgekehrt und ich war noch nicht einmal unglücklich im Traum, ganz abgesehen von dem Glück, dass ich in der gelebten Zeit hatte, tatsächlich recht glücklich gefallen zu sein ohne mich schwerwiegender zu verletzen. Ich legte mich sichtlich beeindruckt wieder ins Bett, dachte noch eine Weile über das Geschehene nach und war mir zu diesem Zeitpunkt fast sicher, dass man eigentlich nichts glauben könnte von dem, was einem das Bewusstsein so vorspielt.

Für den Augenblick unseres Todes hält unser Gehirn eine ganz besondere Überraschung bereit, wenn ich einer wissenschaftlichen Dokumentation, die ich vor einigen Jahren sehen durfte Glauben schenken darf. Im Moment unseres Ablebens wird ein Hirnareal aktiviert, welches Zeit unseres Lebens nur darauf gewartet hat, endlich zum Einsatz zu kommen, da es keine andere Funktion hat, als unseren Tod für uns zu einem filmischen Spektakel zu gestalten. Sobald dieser neuronale Lappen anspringt, betreten wir das Paradies. Ich bin der Überzeugung, dass hierbei das Maximum an Potenzial herausgekitzelt wird, um das Verhältnis zwischen gelebter und erlebter Zeit zu dehnen. Dies erscheint auch insbesondere unter dem

Aspekt sinnvoll zu sein, da auch die Kandidaten, die sich selbst in die Luft sprengen, die Gelegenheit bekommen sollen, eine stattliche Anzahl an Jungfrauen zu *daten*. Betrachten Sie dies als kleinen Abschlusswitz, der mich Kopf und Kragen kosten könnte. Gut, dass ich dem Tod so gelassen ins Auge schauen kann und ich mich vor ihm nicht fürchte. Doch bis es soweit ist, gibt es sicherlich noch das eine oder andere Vergnügliche zu erledigen: Sammele Payback-Punkte und Bonusmeilen, schließe Bausparverträge und Versicherungen ab, kümmere Dich um die Altersvorsorge, buche Pauschalreisen, löse Gutscheine ein und bestelle Sparmenüs, fahre fünfzig Kilometer, um für zwei Cent günstiger zu tanken, verhandele erbittert, auch wenn es um Kleinstbeträge geht, halte die Nachtruhe ein, habe ein Auge auf Deine Blutwerte, eliminiere sämtliche Risikofaktoren, aber gehe auf jeden Fall krank zur Arbeit; sei freundlich zu unangenehmen Zeitgenossen, glaube jedes Wort, das Dein Arzt Dir sagt, vertraue der Presse und den Nachrichten, sei Deiner Regierung dankbar, zahle Deine Steuern, liebe das Gesetz, führe dienstliche Anweisungen gewissenhaft und zügig aus, sei belastbar- auch in Stresssituationen; stirb wie ein Profi.